布布路

關鍵詞：
單細胞動物、樂觀、
熱血。

　　從小與守墓人爺爺一起生活在墓地，因為父親的各種負面傳言，一直受到村裏人排擠，但布布路從不自卑，內心深處相信自己的父親是一位了不起的人物。為了實現自己的夢想以及尋找失蹤父親的消息，他毅然離開家鄉，前往摩爾本十字基地，參加怪物大師預備生的試煉。

賽琳娜

關鍵詞：
大姐頭、敏捷、
獅吼功。

　　出生商人世家的大小姐，卻一點都沒有大小姐的架子，與布布路一樣來自「影王村」，個性豪爽，有點驕傲，對待布布路一視同仁，從不排擠他，只因為她更在乎的是推廣家裏的生意。賽琳娜的目標是收集世界上所有類型的元素石，並熟練掌握這些元素石的運用。

帝奇・雷頓

關鍵詞：
豆丁小子、酷、
毒舌。

　　臉上總是掛着陰沉表情的瘦小男生。帝奇的存在感薄弱，不注意看的話就找不到人了，但是他身邊跟着一隻非常招搖拉風的怪物——成年版的「巴巴里金獅」。對於是非的判斷他有自己的準則，不太相信別人，性格很「獨」。

餃子

關鍵詞：
狐狸面具、神祕、
圓滑。

　　在去往摩爾本十字基地的路上，勾搭認識上布布路，戴着狐狸面具，看不出喜怒哀樂，從聲音來聽，似乎總是笑嘻嘻的，高調宣揚自己身無分文，賴着布布路吃騙喝，在招生會期間對布布路諸多照應。

冒險、正義、財富、祕寶、名譽……

富有志向的人們啊，

用心發出聲音吧，

召喚那來自時空盡頭的怪物，

賭上所有的「夢想」、「勇氣」、「自尊」，甚至「性命」，

向着成為藍星上最傳奇的——怪物大師之路前進吧！

——《怪物大師》題記
MONSTER MASTER

【目錄】CONTENTS
《絕望的聖城囚籠》

Especially written for kids aged 9 — 16（專為9-16歲兒童製作）

● 【扉頁彩圖】ART OF MONSTER MASTER
● 人物介紹：布布路 / 賽琳娜 / 帝奇 / 餃子

MONSTER MASTER
「怪物大師」無盡的冒險
The Desperate Cage
In The Holy City

怪物大師最愛珍藏

SECRET GAME
MONSTER WARCRAFT
隨書附贈「怪物對戰牌」

穿透文字的「堅強」與「感動」！

DREAM　ADVENTURE　COURAGE　FRIENDSHIP

夢想＋冒險＋勇氣＋友誼

「怪物」與「人類」、「勇氣」與「挫折」、「信仰」與「背叛」、「戰鬥」與「思考」……是心靈的冒險，還是意志的考驗？
請與本書的主人公一同開啟奇幻之門，一起去追尋人生中最珍貴的夢想吧！

把世界的謎團串起來！
MELODIES OF LIFE

這裏是獨一無二的腦細胞幻想地帶，孩子們其樂無窮的樂園。
每一部一個練膽故事，它們以神祕莫測的魔力，俘虜着人們的好奇心。
有人說，唯一的抵抗方法，就是閱讀——
請翻開這本書吧，讓人心動的世界正在向你招手……

愛與夢想的「新世界冒險奇談」！

引子

CREATED BY LEON IMAGE
LOVE & DREAMS

MONSTER MASTER 19

童話裏的暗影
MONSTER MASTER 19

茫茫的沙漠深處，狂風裏挾着沙塵，咆哮着妄圖將一切化作沙土。漫天的黃沙中，靜靜矗立着一圈高大而巍峨的石頭城牆。厚重的城牆如同四面牢固的屏障，將肆虐的沙塵阻隔在城牆之外。

城牆之內，赫然是另一番景象 —— 鬱鬱葱葱的參天古樹孕育出繁茂的枝葉，飛鳥在樹枝上歡樂地吟唱。暖融融的陽光透過樹葉的縫隙，柔柔地灑向青青的草地。微風徐徐吹過五顏六色的花叢，蜜蜂和蝴蝶在花間輕盈地飛舞。空氣中飄滿了樹木的清香和花朵的芬芳。

在綠茵之中，一棟棟城堡式建築星羅棋佈：建築外壁覆滿了生機盎然的藤蘿，彩色玻璃和花朵圖案組成了典雅的窗扇，古樸又大氣的原木大門，天然花崗岩鋪成的平整甬道，漂滿碧綠蓮葉的噴泉池……自然和人工完美地融合在一起，竟在這蒼茫的荒漠深處，孕育出一片猶如童話世界的小小樂土。

一塵不染的甬道上，遠遠走來幾個衣着整潔的少男少女，他們歡快地奔跑、追逐，不時發出陣陣歡歌笑語：

「陽光真溫暖，花朵真鮮豔，我們的世界最美好！」

「食物真可口，泉水真甘甜，我們的小鎮最富饒！」

「相親相愛，無私奉獻，不畏生死，我們的靈魂最純淨！」

「沒有貧窮，沒有飢餓，沒有仇恨，我們的生活最幸福！」

少男少女們手拉着手，肩並着肩，哼唱着歡快的歌謠，在灑滿陽光的甬道上，留下了串串銀鈴般的笑聲。

當少年們天真爛漫的身影漸漸消失在甬道盡頭，四周恢復了寂靜，空氣中突然掠過一聲似有似無的嗚咽：「別走……回來……」

聲音的源頭在小路的一側，那是一小塊鑲嵌在路邊的鏡面裝飾，鏡子後面隱隱還傳出微弱的拍打聲。

可惜，那聲音實在是太微弱了，完全被噴泉的聲音掩蓋了。

沒有人知道，在那面小小的鏡子後面，隱藏着一片看不到邊際的黑暗和虛無，一隻蒼白的手臂正一下又一下，絕望地敲擊着鏡面。那隻手臂上的皮膚被風乾得幾乎沒有一點水分，像一塊蠟黃的油紙包覆在嶙峋的骨頭上。

「救……救我……誰來救救我……」那是一個只有風燭殘年的老人才會發出的乾癟氣息。聲音裏充滿了痛苦，但更多的卻是驚愕和恐懼，因為手臂主人的身上，可怕的異變正在失控地蔓延。

原本充滿彈性的皮膚上，赫然浮現出一道道有如鹽鹼地般的深深褶皺，皮肉中的血液和水分也隨之枯竭。原本烏黑發亮的頭髮，瞬間像被燒焦了一般，一撮撮脫落，露出醜陋而斑禿的頭皮。僅剩的幾縷殘髮也變得枯萎花白，猶如被遺棄的蛛網。

就在不久之前，手臂的主人也和剛剛經過的少男少女們一樣，是一個風華正茂、朝氣蓬勃的少年，然而誰也不知道為甚麼，他現在被困在了這片黑暗之中，身體也猶如秋風中的花朵一樣，正在飛速而離奇地凋零。

「不，不……這究竟是怎麼回事……誰來救救我……」

沒有人聽見這微弱的求救聲，長長的甬道上，只有清冽的噴泉在嘩嘩作響。

手臂的主人再也沒有力氣呼救了，他癱倒在地，痛苦地蜷縮成一團。枯槁而佝僂的身軀，被無邊的黑暗徹底吞噬……

突然間，城外傳出陣陣古怪的窸窣聲，厚實的牆面如流沙般蠕動起來，詭異地浮現出一個巨大而猙獰的紅色陰影……

新世界冒險奇談

第一站 STEP.01

疫病來襲，鹿丹城的危機
MONSTER MASTER 19

不簡單的新任務

　　鹿丹城，被譽為沙漠中的綠寶石，如海市蜃樓般的奇跡。近來因為其在沙漠中罕見的舒適環境而在琉方大陸上聲名鵲起，擁入了大量居民，成為最具人氣的新移民城，沙漠中的理想家園。

　　然而……

　　一輛重度改裝的紅色甲殼蟲上，頭戴獸角裝飾的帥氣少女疑惑地看着地圖：此地分明距離宜居的鹿丹城不足百米了，為

何眼前所見跟想像中的綠洲美景截然不同呢？

背着棺材的好奇寶寶——布布路手搭涼棚張望，四周是一望無際的黃沙戈壁，天空和大地如同兩塊純色的巨大畫布整齊地拼接在一起。

甲殼蟲上的四名乘客置身於日曬和揚沙之中，一個個像被炭烤的肉塊，頭頂都快冒煙了。

唯有布布路神采奕奕地拍打身旁的長辮子少年：「餃子餃子餃子，我們還沒找到『滷蛋』嗎？」

「拜託！我跟你說過十七遍了，那不是滷蛋，是鹿丹……嘔……」餃子被拍得眼冒金星，話沒說完就又轉頭抱着袋子嘔吐去了。

「大姐頭，我們以前來過這裏嗎？總覺得有點眼熟。」見餃子不搭理自己，布布路又開始糾纏在研究地圖的大姐頭——賽琳娜。

但賽琳娜也沒有閒工夫理會這個「常識匱乏症」患者，她正專注地對照地圖觀察周圍的沙地。不知道是不是自己眼花，從剛剛開始，她好像看見沙地乾涸的裂縫中有一些紅色的不明物體不時在蠕動。

「當心！」在副駕駛座上假寐的瘦小少年突然睜開眼睛，目光凌厲地看向前方，「那是一團移動的流沙！」

作為賞金王家族的後人，帝奇迅速判斷出紅色物體的真面目。

轉眼間，紅色流沙襲向甲殼蟲正前方！嘎吱！賽琳娜急忙

打方向盤，車頭猛轉，在沙地上畫出一個巨大的半圓，強大的離心力讓三個男生差點沒飛出去，揚起的沙子撒得大伙兒灰頭土臉。

紅色流沙和甲殼蟲擦肩而過，沒有絲毫減速地繼續向前移動，飛快地消失在茫茫沙霧中。

「嘔……」餃子往袋子裏吐了一口酸水，唏噓道，「移動流沙坑通常深不見底，是沙漠裏最神出鬼沒的東西，一旦掉進去就再也別想出來了，幸好大姐頭駕駛技術高超。」

「真奇怪，我從來沒見過，更沒聽說過紅色的流沙。」賽琳娜眉頭緊鎖，擔憂地說，「自古以來，天降異象，必有大災。據說最近鹿丹城內突發疫情，超過半數的居民都病倒了，其中絕大多數是老人和兒童，城內藥品和醫療設備嚴重短缺，所以基地才緊急派我們來送藥品，順便調查一下疫情……」

「我看鹿丹城內八成爆發了傳染病……」餃子意識到事態嚴重，因暈車而發白的臉色更難看了，他幽怨地說，「說不定剛才那團紅色流沙就是不祥的徵兆，我們應該做些預防措施，免得被傳染。」

「現在擔心這些已經沒用了。」帝奇邊說邊抬手一指。

前方不遠處，一座由巨石砌成的城池不知何時出現在地平線上，像是一隻灰色的巨獸匍匐在金燦燦的沙子上。

「終於到了！」賽琳娜舔了舔乾裂的嘴唇，猛地加大甲殼蟲的馬力，朝着城門的方向衝刺。在沙漠裏飢渴地顛簸了一上午，他們總算抵達目的地了！

「大姐頭，快，快，快！我都快要渴死了！」布布路看到城門後，急不可耐地叫了起來。

城門近在咫尺，布布路四人眼前已經浮現出清涼的果汁了，突然間，一個人影跌跌撞撞地從城門內躥了出來。

嘎——

賽琳娜心驚肉跳地猛踩煞車，甲殼蟲發出刺耳的摩擦聲。

那人撲通一聲重重摔落在地，激起一大團沙土，他身後的大包袱也隨之被甩落，包袱裏的東西好像天女散花一樣四散開來。

布布路心裏咯噔一下。「糟糕，撞到人了嗎？」

瘋狂的現場手術

不，賽琳娜肯定自己及時煞住了車，在距離那人只有一根指頭的地方停了下來。

但是那人又是怎麼回事呢？

四人心急火燎地跳下車，只見那人一動不動地趴在地上，整張臉完全埋在沙子裏，

包袱裏的蛋糕、餅乾、布丁和蜜餞撒了一地。

「布魯布魯！」四不像興奮地從棺材裏跳出來，撲向遍地的食物，一爪子抓起蛋糕，一爪子握起布丁，毫不客氣地大嚼大嚥起來。

「那個……你沒事吧？」布布路伸出一根手指，小心翼翼地戳了戳那人的後腦勺。

「嗯……」那人發出一聲沉悶而痛苦的呻吟。

太好了，這個人還活着！布布路連忙伸手要把對方扶起來。但他的手才搭上對方的胳膊，耳畔突然傳來一聲大吼：「可惡的小偷，看你還往哪兒逃！」

一群人怒氣衝衝地從城門內衝了過來，為首的中年人狐疑地上下打量着布布路四人，警惕地問：「你們和這個拿食物不付錢的小偷有甚麼關係？」

賽琳娜和餃子焦頭爛額地對視一眼，這個被撞的人是小偷？而且，他們好像被當成了小偷的同伙……

「大叔，您誤會了，我們和這個人……」眼看四周漸漸聚來不少圍觀的百姓，餃子慌忙想撇清關係。

「等等！」一直冷眼旁觀的帝奇打斷了餃子，他蹲下來，小心翼翼地將趴在地上的人翻了個個兒。

下一秒，圍觀的人群發出一陣驚呼──

那人臉上糊滿污泥和沙土，完全看不出容貌。而在他左側的脖頸上，赫然有一道觸目驚心的創口，猩紅的血液不斷從創口噴出，將地上的沙子染紅一大片。更令人擔憂的是，那人的

呼吸越來越困難，好像被人掐住了脖子似的，上氣不接下氣。

「他一邊的頸動脈斷了，需要專業醫生進行緊急縫合！」帝奇伸出兩根手指，鎮定地壓住傷者創口的近心端，雙眼警惕地巡視着人群。

「醫生！這裏有醫生嗎？」布布路焦急地對着圍觀群眾大喊。

所有人都不安地搖着頭往後退，沒人站出來。

傷者的呼吸越來越粗重，身體像在岸上擱淺的魚一般，痛苦地抽搐不停。如果不能及時縫合，這人恐怕性命不保了！

不管對方是不是小偷，救人性命是最要緊的！然而在這人生地不熟的地方，布布路他們上哪兒去找醫生呢？

就在大家不知所措的時候，騷亂的人群中擠出來一個古怪的男人。男人頭上像木乃伊一樣纏着一圈又一圈的白色繃帶，只露出一雙炯炯有神的眼睛。

「繃帶男」在身上摸了摸，掏出一個印着紅十字的黑本本，對着布布路四人晃了晃說：「我是醫生，這是我的行醫證。」

布布路四人面面相覷，這人是醫生？看起來更像個重傷員！

沒等四個預備生表示疑慮，「繃帶男」已經在傷者身旁蹲下，眼疾手快地檢查起對方脖子上的傷口，然後從口袋裏掏出一把剪刀。

與此同時，一顆奇怪的小腦袋從「繃帶男」的長衫底下鑽出來，對着剪刀刃吐出一團小小的火球。

「咦？」望着那顆熟悉的小腦袋，布布路詫異地眨了眨

眼睛。

　　一道銀光閃過，「繃帶男」伸出燒得滾燙的剪刀，毫不猶豫地朝傷者脖頸左側的血管上方剪去。*

　　噗——猩紅的鮮血頓時如噴泉般從斷裂的動脈中噴湧而出，濺了「繃帶男」大半張臉，將一道道白色繃帶染成鮮紅的一片，看來分外駭人。

　　天哪，這個自稱醫生的「繃帶男」不僅沒縫合傷口，而且還在斷裂的血管上又剪了一刀，這分明是雪上加霜，他到底是救人還是殺人啊！

古怪的疫情

　　「繃帶男」瘋狂的舉動讓所有人瞠目結舌，四周陷入一片死寂。片刻之後，人群才像炸窩一般騷動起來：

　　「流了那麼多血，這人恐怕活不成了！」

　　「就算是小偷，也是一條生命，怎麼能在光天化日下……」

　　「這個人肯定不是醫生！」

　　「我們得把他交給治安官！」

　　激動的人群躍躍欲試地向前擠，義憤填膺地想要抓住「繃帶男」。

　　「慢着！」帝奇上前一步，目光凌厲地擋在「繃帶男」身前。

＊ 虛構情節，請勿模仿。

　　雖然帝奇身形瘦小，周身卻散發出不容靠近的氣息，人們安靜下來，氣憤而不安地朝帝奇身後看去──

　　「繃帶男」一動不動地蹲在傷者身旁，彷彿沒聽到人們排山倒海的質疑，只是冷靜地觀察着傷者。很快，傷者劇烈抽搐的身體漸漸平靜下來，呼吸也恢復了平穩的節奏，更神奇的是，斷裂的血管不再噴血了。

　　直到這個時候，人們才後知後覺地意識到，「繃帶男」手中的剪刀並沒有離開傷者的血管。原來那是一把特製的雙刃剪刀，有兩重刀刃，第一重刀刃是鈍刀刃，它並沒有切斷血管，而是用兩面鈍刃將血管牢牢夾緊，使血管像被咬住的吸管一樣，徹底阻斷了血液的流動。隨後，第二重刀刃才切斷了早已沒有血液流動的斷口處的血管。

　　「傷者已經脫離生命危險了。」「繃帶男」鬆了一口氣，這才直起身對眾人解釋道，「人體是靠着左右兩側的頸動脈同時向大腦進行供血的，這名傷者左側頸內動脈的血管發生了斷裂，如果不能及時止血，他會在六分鐘內失血而亡。但此時此地沒有充足的消毒和縫合工具，我無法保證在有限時間內縫合斷裂的血管。考慮到他右側的頸動脈是完好的，單側頸動脈供血能夠勉強滿足腦部血液循環的最低所需，所以我才用這把『阻血剪』徹底阻隔了他左側頸動脈中的血流。傷者雖然一時還無法蘇醒，但卻可以維持最基本的生命體徵了。」

　　聽了「繃帶男」言簡意賅的解釋，圍觀群眾的態度發生翻天覆地的變化，一個個交口稱讚：

「醫生，您的醫術太高超了！」

「請問您是哪家醫療所的醫生？」

「最近城裏生病的人特別多，有您這樣的醫生，我們就放心了！」

此起彼伏的稱讚聲中，布布路和賽琳娜驚喜地撲到「繃帶男」面前，異口同聲地喊道：「亞克叔叔！」

剛才在「緊急手術」時，布布路和賽琳娜一眼認出了從「繃帶男」衣袍下探出頭來的怪物 —— 焰尾貓。焰尾貓的主人正是當初在影王村鼓勵布布路參加十字基地招生會的醫療系怪物大師 —— 亞克。（詳見《怪物大師 · 穿越時空的怪物果實》）

「亞克叔叔，這繃帶是怎麼回事？您受傷了嗎？」賽琳娜擔憂地問。

「不要緊，是之前穿行沙漠時被曬傷了。」亞克尷尬地拆下頭上的紗布，露出的臉上果然被曬得黑一塊、紅一塊，但他顧不得自己，也顧不得跟布布路他們敘舊，而是神色凝重地說，「我剛才暫時替這名傷者止了血，但如果傷口長時間暴露在空氣中，會引發感染，接下來要儘快把他送到醫療所，接受縫合手術！可這裏連擔架也沒有⋯⋯」

「用這個吧！」布布路連忙貢獻出他的金盾棺材。

在場所有人都一臉尷尬地看着布布路，讓傷者躺在棺材上好像有些不太吉利吧⋯⋯

不過亞克似乎並不在意，他趕緊讓傷者平躺其上，和三個男生一起平穩地抬着金盾棺材的四角，來到距離城門最近的醫

療所。

一走進醫療所，大家不禁大吃一驚。

醫療所內早已人滿為患，每一間病房裏都擺滿病床，連走廊都被橫七豎八的病床和擔架佔滿。到處都是哀叫的病患，醫護人員們一個個忙得像陀螺一樣，恨不得變出三頭六臂。

因為疫情持續發展，城內的藥物和其他醫療資源嚴重短缺，手術室門前更是大排長龍，每一個等待手術的病人全都按病情等級分類排隊，目前根本沒法插隊。

「這裏的疫情比我想像的更嚴重，看來我們只能自己想辦法了！」亞克歎了口氣，只覺得四周充斥着死亡的氣息。

「我們這樣吧⋯⋯」賽琳娜叉腰擺出大姐頭的架勢，有條不紊地指揮起其他幾個同伴。

在賽琳娜的指揮下，傷者被抬到一處安靜的角落。他們用金盾棺材充當手術台；水精靈製造出的水氣球包裹住棺材，充當隔離手術間；藤條妖妖撒出花粉，幫傷者完成術前麻醉；帝奇則遞來消過毒的鋒利刀片和蛛絲，充當手術刀和縫合線。

賽琳娜替那個傷者仔細洗掉臉上的沙土和血污，大家這才發現，對方竟是一個年齡和他們相仿的少年，少年的眉目十分俊朗清秀，怎麼看都和「小偷」二字聯繫不起來。

亞克的手術技術非常嫻熟，縫合時的速度快得幾乎讓大伙兒的眼睛都跟不上，少年斷裂的頸動脈很快被精確地縫合，細密整齊的針法看得布布路他們驚歎連連。

手術順利結束，亞克卻對着縫合好的傷口陷入了沉思，少

年身體健康，各項生命體徵都很正常，究竟是甚麼原因導致他的血管爆裂呢？看來只有等少年蘇醒之後再細細詢問了。

「您是醫生嗎？快給我們看看病吧！」沒等少年蘇醒，數名病人家屬衝過來，心急如焚地拉住亞克。

亞克面前迅速排起一條等候就診的長龍，四個預備生自覺參與到救護中，一時間，四周只能聽見病人的呻吟聲和亞克鎮定的診斷聲：

「病患年齡五歲，病症為急性瘧疾，需服用藥物，每日三

次……」

「病患年齡六十五歲，病症為急性腸胃炎，需飲食清淡和靜養，服用藥物……」

「病患年齡十八歲，病症為病毒性感冒，需輸液……」

「病患年齡三十八歲，病症為急性闌尾炎，需立即進行手術，馬上佈置手術室……」

病人一個接一個地接受救治，四個預備生心頭的疑雲也越聚越多 ——

大家原本以為鹿丹城內是爆發了某種傳染性疫病，可前來就診的患者病情卻五花八門，很多疾病也不具有傳染性。這麼多人同時發病絕不可能是巧合，難道這場古怪的疫病另有隱情？

絕望的聖城囚籠

MONSTER MASTER 19

新世界冒險奇談
第二站 STEP.02

仁醫之心
MONSTER MASTER 19

老友重逢

　　整個下午，布布路他們都在醫療所裏協助亞克，一共診治了八十三名病患，其中輕症患者三十三名，接受手術的患者十一名，需要進行觀察的患者三十九名⋯⋯當大家將最後一名前來就診的病人安頓好，天已經徹底黑了。

　　就在大家飢腸轆轆地打算出去找點東西吃時，一個穿着白外套的鬈髮青年推開了醫療所的大門，禮貌地詢問：「請問這裏有沒有一位名叫亞克的醫生？」

「奇摩醫生！」亞克還沒開口，布布路四人便激動地迎了上去。

繼亞克叔叔之後，他們又在鹿丹欣喜地見到了另一位老熟人——骨槍團的醫生，奇摩。

四個預備生這才意識到，鹿丹和古城巴勒絲原來位於同一片沙漠。大家不由得記起曾經和骨槍團並肩作戰的日子。（詳見《怪物大師·黑暗的破壞神之甲》）

四人圍着奇摩醫生，七嘴八舌地寒暄起來：

「奇摩醫生，好久不見！」

「骨槍團的大伙兒都好嗎？」

「福特長個子了嗎？」

「你怎麼會在這裏？」

面對布布路他們的熱情招呼，奇摩的反應卻很平淡，目光疏離地上下打量了四個預備生幾眼，不自在地清清喉嚨，答道：「是亞克叫我來鹿丹幫忙的。」

「奇摩，你認識這四個小傢伙？」亞克驚喜地走上前，熟稔地拍拍奇摩的肩膀，對布布路四人解釋道，「幾天前我聽說鹿丹的疫情十分嚴重，病人數量與日俱增，城內的醫療資源十分缺乏，就聯繫了奇摩，讓他也趕過來幫忙，順便交流一下近期醫學上的新想法。」

布布路用驚奇的目光來來回回地打量着兩個人，好奇地問：「亞克叔叔，你以前就認識奇摩醫生嗎？」

「我們是多年的老朋友了，」亞克爽朗地笑了笑，有些懷念

地說,「早年我以遊醫的身份四處遊歷,一邊替人看病找藥,一邊增進自己的醫術和見聞。有一次,我不小心在沙漠裏迷了路,飢渴交加,陷入昏迷,幸好奇摩路過救了我。一開始他以為我是個流浪者,對我的態度還挺和善,可當他得知我也是一名醫生後,卻狠狠地教訓了我一通……」

「醫生除了拯救他人的生命之外,難道不應該同樣珍惜自己的生命嗎?」奇摩和亞克的聲音重疊在一起,同時陷入回憶般感慨道,「醫生的生命可是能拯救更多的人啊……」

兩人相視一眼,目光中充滿了對往日的懷念。

「你們知道嗎?這傢伙非常奇怪,」亞克又扭頭對布布路他們說,「他明明是醫生,卻對手術刀很忌諱,能不動刀就堅持不動刀,行醫多年基本上只能算是個草藥醫生,他的口頭禪是『良藥苦口』,再噁心、再難喝的藥,都會強硬地給病人灌下去……」

四個預備生心有戚戚,點頭如搗蒜,他們曾親眼見過奇摩用一種黑乎乎的泥巴給病人治療沙蜇的蜇傷,那個病人歇斯底里的慘叫彷彿仍回蕩在他們耳邊。沒想到奇摩和亞克兩位風格迥異的醫生竟然是朋友,真是太不可思議了。

亞克當然不會知道布布路他們此刻在想甚麼,熱情地對奇摩說:「我雖然擅長手術和醫治急症,但對術後調理和藥物治療卻不在行,你能及時趕來真是太好了。」

「放心,我會盡力的!」奇摩不動聲色地整理着自己之前被亞克拍皺的衣服,看起來頗為講究。

　　餃子若有所思地觀察着奇摩，眼中升起一絲困惑。不知為何，他總覺得奇摩醫生和記憶中那個跟拉着拖鞋、叼着香煙的漫不經心的形象有些不一樣，難道在亞克面前他想表現得更像醫生的樣子嗎？

　　「他醒了！」這時，帝奇注意到「小偷少年」醒了過來，正坐在金盾棺材上，眼神迷茫地四下張望着。

　　「你剛剛接受了頸部縫合手術，趕緊躺下，不要亂動。」亞克立刻走上前，打算替「小偷少年」進行術後檢查，其他人也跟了過去。

　　可是，「小偷少年」一看到亞克靠近就猛地倒吸了一口冷氣，露出見鬼般極其驚恐的表情，一把推開他，狼狽地跳下棺材，跌跌撞撞地逃出了醫療所。

繁忙的援助任務

　　亞克猝不及防地被推倒在地，布布路四人又累又餓，一時之間也愣住了。等到大家反應過來，「小偷少年」已經衝出醫療所，身影淹沒在夜色之中。

　　這是甚麼情況？

　　餃子鬱悶地哼道：「這個臭小偷，亞克叔叔救了他的命，他不僅沒表示感謝，居然還一句話都沒說就推人逃跑，看來是幹了不少壞事⋯⋯」

　　「就是！這種以怨報德的傢伙就不應該救！」賽琳娜也憤憤

地附和。

　　亞克卻並不惱火，反而一臉擔憂地說：「那少年應該只是受了驚嚇，作為醫生，治病救人是我的職責，我不能對任何生命見死不救！當務之急是得先把他找回來，他需要留院觀察，而且……」

　　說到這裏，亞克遲疑了一下，壓低聲音繼續說：「那少年的

傷口非常古怪，創口處的皮膚是從內部向外翻出的，但我想不
通是甚麼力量讓他受的傷⋯⋯」

「我去把他找回來！」布布路一馬當先地衝了出去。

然而布布路還沒出醫療所的大門，又有一群人擁了進來。

為首的婦女抱着一個臉色蒼白、昏迷不醒的小女孩，聲嘶
力竭地哭喊道：「醫生，快救救我的女兒！」

亞克和奇摩幾乎同時迎了上去，替小女孩進行診治。

「急性胃出血，需要立即動手術，準備手術室！」亞克急聲道。

四個預備生手忙腳亂地趕緊行動……等到手術結束，大家將轉危為安的小女孩送進觀察病房時，已是午夜。醫療所外的街道上空無一人，而醫療所裏還有一堆病人等着救治和照顧，大家向外看了一眼，只能暫時放棄尋找「小偷少年」。

誰也沒有注意到，夜色掩蓋下，詭異的紅色流沙從一排綠植間蠕動而過，所經之處，樹木瞬間乾枯斷裂，彷彿被肉食動物啃食過的骸骨，悽慘地在夜風中矗立着……

接下來的數日，布布路他們一直留在鹿丹城，充當醫療助手。

亞克擅長外科手術，送到他這裏的都是急症和重症病人，有急性中風患者、呼吸衰竭患者、惡性腫瘤患者……病症五花八門。

好在亞克醫術高超，每一次都能準確判斷出病灶，手術的刀法也精準無比，速度快到令人眼花繚亂，整個醫療所裏只有帝奇能跟上亞克的節奏，協助他對傷口進行縫合。賽琳娜和餃子則負責手術前後的消毒和麻醉工作。

最苦最累的要屬布布路了，他要將病人進行分流，分送到奇摩醫生和亞克醫生面前。如果遇到失血過多的病人，布布路還得給病人四處找血袋。

一連忙碌了半個月，鹿丹城內的疫情終於得到了控制，發病的人明顯變少，重症患者也陸續康復了。這期間，亞克憑藉

精湛的醫術拯救了無數垂危的病人，被市民們尊稱為「神醫」，布布路四人也作為亞克的助手而頗受禮遇。

布布路累得瘦了一大圈，卻依然精力充沛。他目光炯炯地對同伴們說：「參與了這次醫療援助任務後，我發現醫生比我想像的還要偉大。」

賽琳娜深有感觸地點頭感歎：「是啊，人類的生命太脆弱了。當死神來臨的時候，是醫生用他們的雙手與死神交鋒，守護着病患的生命！」

餃子一有時間就做醫療筆記，記錄下各種病症和救治方法，儼然一個專業人員。只是大家還沒來得及感動，就聽到他得意揚揚地說：「將來，我把這本筆記整理整理送到出版社，說不定能賺一大筆稿費。」

一旁的帝奇無奈地白了餃子一眼，不耐煩地催促三人：「快走吧。」

今天晚上，在鹿丹城內最高檔的黑胡椒餐廳裏，市民們將舉行一場盛大的宴會，感謝辛苦的醫務人員。亞克、奇摩和布布路四人都是座上賓。

私人包廂裏的熟面孔

當暗橘色的夕陽落下，等待着黑夜到訪的鹿丹城迎來了片刻的祥和。黑胡椒餐廳裏張燈結彩，一張張餐桌上擺滿琳琅滿目的珍饈佳肴。

經過了半個月的閉門工作，亞克臉上的曬傷痊癒了，恢復了健康的小麥色皮膚，整個人看起來十分帥氣，吸引了大批女性青睞。她們把亞克團團圍住，爭搶着給「神醫」敬酒。

亞克面紅耳赤，手足無措，不斷向布布路他們投去求救的眼神。

可四個預備生的注意力早已被餐桌上的美食吸引：焦糖色的蜜汁烤雞腿、外焦裏嫩的炭烤羊排、香味濃郁的巧克力海綿蛋糕、五花八門的水果拼盤……每一盤食物都散發出濃郁的香味，挑逗着大伙兒胃裏的饞蟲。布布路和四不像很快啟動了「奪食大戰」，餃子三人也埋頭大快朵頤。

大家吃得酣暢淋漓，誰也顧不得去「救援」亞克叔叔。

一名侍者端着一盤剛出爐的肉片走入宴會廳，誘人的肉香味立刻吸引了四不像的注意力。

四不像銅鈴般的眼睛好像寶石般閃閃發光，口水從嘴角淌下。它嗖地跳了起來，四肢大張地朝那盤肉片飛撲過去——

「這是我們餐廳的大廚私房菜，特特特辣級銷魂黑胡椒肉片，絕對是……啊！」毫無察覺的侍者正笑吟吟地向賓客們介紹菜肴，突然，一道紅光精準地撲落了他手中的盤子。

哐噹噹！

四不像毫不客氣地抓起通紅的肉片朝嘴巴狂塞狂吞。

只是沒吞幾口，四不像的身體突然僵住了。定格了幾秒後，它猛地張開大嘴，舌頭像着了火一般甩來甩去，喉嚨裏發出濃重的喘氣聲：「布魯——啊——布魯——」

　　四不像發瘋般在宴會廳裏狂奔起來，一會兒弄翻一桌湯水，一會兒又撞倒一串賓客，飛濺的口水更是噴得到處都是。

　　「布布路──」賽琳娜兩眼噴火地叉着腰朝布布路大吼，「管好你的怪物！」

　　「我，我這就去追！」布布路趕緊跟在四不像後方全力追趕，可四不像的速度太快，嗖的一聲穿過宴會廳，沿着樓梯衝到樓上的私人包廂裏去了。

　　布布路也悶頭闖進包廂，縱身一撲，終於抓到了四不像。

　　可等布布路抬起頭時，卻發現自己被一群陌生人包圍了。

　　這些人全都人高馬大，面露兇光，手中的武器齊刷刷地對準了布布路的脖頸。距離布布路最近的一個大鬍子冷冰冰地呵斥道：「不許動！舉起手來！」

　　布布路被這陣勢嚇了一跳，趕緊乖乖地舉起手，四不像獲得了自由，一頭扎進餐桌邊的葡萄酒桶，咕嘟咕嘟幾口把葡萄酒桶喝了個底朝天，速度之快，把那些手持武器的人全都驚呆了。

　　布布路尷尬地歎了一口氣，不好意思地說：「對不起，我的怪物剛才吃了特特特辣的銷魂肉片，熱辣難忍，所以才把你們的葡萄酒喝光了……」布布路越說越心虛，最後這幾個字聲音比蚊子叫還小。

　　那隻葡萄酒桶上貼着「百年陳釀」的標籤，一定很貴吧，嗚嗚，不知帝奇下個月的生活費夠不夠賠償……

　　就在布布路掰着手指頭自責的時候，一個清朗的聲音從人

群後傳來：「沒關係，區區一桶酒而已，你們把武器放下，不要嚇到這位少年。」

聽到這個聲音，那些兇巴巴的人乖乖收起了武器。

布布路好奇地探頭看去，只見一個清瘦斯文的少年坐在包廂內的主座上，注視着自己。

「噢噢，是你 ——」布布路詫異地瞪大了眼睛，眼前的少

年雖然梳着整齊的髮型，穿着嶄新的華服，但分明就是⋯⋯

「你是那個脖子受傷的小偷少年！」布布路激動地指着少年大叫道。

看到小偷少年好像恢復得不錯，布布路露出了放心的表情：他看起來應該沒有性命之憂了。

怪物大師配角大搜索

NOW，配角大搜索全面展開！！！

『怪物大師』的讀者來說，他們依舊是耳熟能詳的存在！

就算不曾擁有主角光環，就算出場次數屈指可數，可對於熟讀

Q01 你還記得布布路第一次出遠門去參加摩爾本十字基地招生會時，因為迷路而連續繞過十次的東西是甚麼嗎？

A. 路旁的紅色土石堆　　　　B. 村口的焰角·羅倫雕像
C. 一棵歪脖子楊樹　　　　　D. 廢棄的龍蚯站

答案在本頁底部，答對得 10 分，你答對了嗎？

■即時話題■

亞克：不好意思，布布路，因為需要手術的病人太多，而手術台數量不夠，能再貢獻一下你的棺材嗎？

布布路：當然沒問題，不過亞克叔叔，你徵求過病人的意見嗎？

亞克：布布路，你是不是被誰說了甚麼？

布布路：嗯，我剛剛被好幾個病人和病人家屬教訓了，說在醫療所裏背棺材很晦氣。我也能理解他們的想法，畢竟以前在影王村大家也很忌諱基地棺材之類的，都不願意搭理我。

賽琳娜：你誤會了，村民忌諱的是你「惡魔之子」的身份，不過自從海因里希事件之後，大家對你的態度就大大轉變了。所以咱們好好和病人溝通，他們一定會接受棺材作為臨時手術台的方案。

餃子：其實不需要那麼多廢話，我們只要告訴他們這是用價值連城的金盾製造而成的棺材，金盾本身具有抑制病原體入侵、協助機體提高抗病能力等功效就行了。

布布路：哇噢噢噢，金盾居然有這麼神奇的醫療效果啊！

帝奇：笨蛋！（送了布布路一個白眼）騙子！（飛了餃子一記眼刀）

亞克：布布路，你這兩個同伴在「口才」方面都很有自己的特色嘛！

完成這個測試後，你可以判定自己參與的怪物大師配角大搜索行動是否成功了。

測試答案就在第十九部的 241 頁，不要錯過喲！

絕望的聖城囚籠
MONSTER MASTER 19

新世界冒險奇談
第三站 STEP.03
兇手是亞克？
MONSTER MASTER 19

一樣的面容，不同的身份

　　「小子，膽敢出言不遜！宇都真少爺怎麼可能是小偷？」大鬍子瞪着布布路高聲怒斥，屋子裏其他人也都兇神惡煞地站了起來。

　　「呃……事情是這樣的……」布布路吞了吞口水，誠實地把之前在城門口遇到「小偷少年」並救治他，可他卻在手術後逃走的經過說了一遍，最後目光真誠地說，「原來你的名字叫宇都真啊，你不記得我了嗎？」

「原來你們是來參加醫療救援的功臣，非常感謝你們連日來對鹿丹百姓的幫助。」宇都真耐心地聽布布路說完，溫和地笑着說，「但很抱歉，我確實沒見過你，我想你是認錯人了。」

為了證明自己所言非虛，宇都真主動解開自己的衣領，露出光滑白皙的脖頸。

「咦？真的沒有傷口……」布布路困惑地撓撓後腦勺，一頭霧水地嘀咕道，「難道真是我認錯人了？可是世界上怎麼會有長得這麼像的兩個人呢？」

看布布路的表情並不像在說謊，宇都真饒有興趣地詢問起來：「我真和你說的那位『小偷少年』很像嗎？」

「簡直一模一樣！」布布路連連點頭，一臉天真地補充道，「說不定你們倆是雙胞胎兄弟！」

「雙胞胎兄弟？」宇都真愕然，好半天才尷尬地說，「雖然我也很想要兄弟，但很遺憾，我是家中的獨子……」

「布布路！」一陣凌亂的腳步聲傳來，餃子三人和亞克出現在包廂門口，當他們看到宇都真時，反應和布布路如出一轍，

異口同聲地驚呼道：「是你！」

「不不，你們誤會了，他叫宇都真……」在鬍子大叔生氣之前，布布路急忙給同伴們解釋了一番。

為表明自己的身份，宇都真不厭其煩地讓餃子他們也看了自己的脖子。

餃子三人細心端詳，發現宇都真和「小偷少年」雖然外貌相似，但氣質大不相同，果然是兩個不同的人。

亞克抱歉地說：「不好意思，我們認錯人了。」

「不，沒關係，大家相遇都是緣分。」宇都真和善地說。

見少爺發話示好，那群人高馬大的保鏢也收斂起了氣焰，恭敬地退到了一邊。

「呼 —— 呼 ——」

氣氛剛剛變得融洽，包廂一角的酒桶裏，突然傳出一陣突兀的鼾聲。

原來喝光葡萄酒的四不像已經酣然入夢，伴隨着有節奏的呼嚕聲，它的嘴巴一張一合，噴出濃重的酒氣。

布布路難為情地趕緊把四不像抓起來，塞回金盾棺材裏。

餃子三人齊齊歎了口氣，他們對這隻到處搗亂的怪物充滿無奈。賽琳娜羞惱地捶了布布路一拳，不好意思地對宇都真說：「真是抱歉，我們會賠償你的葡萄酒的。」

「你們連日來救治城內的百姓，勞苦功高，這酒就當是我請你們的吧。」宇都真大方地說。

餃子心花怒放地握住宇都真的手：「宇都真，你真是大好

人啊!」

宇都真有些尷尬,顯然並不習慣陌生人的肢體接觸。帝奇見狀拍開了餃子的手,禮貌地回應道:「謝謝,我們就不客氣了。」

「時間不早了,我得回家了,」宇都真臉上浮現出倦容,但還是彬彬有禮地對布布路他們說,「希望你們能儘快找到那位『小偷少年』,如果有機會,我想拜託你們帶他來見我一面。我對他很好奇,如果他真遇到了甚麼麻煩,說不定我能幫上忙,這是我的地址……」

宇都真給布布路幾人留下了一張寫有地址的字條,就帶着一眾壯漢離開了。

目送宇都真遠去的背影,亞克突然歎了一口氣,遺憾地說:「唉!這位少年雖然氣度不凡,可惜內息紊亂,應該身患重病,恐怕時日無多了。」

異常的奇摩

「亞克叔叔,你說宇都真時日無多?」布布路驚愕地瞪大了眼睛,難以置信地說,「我覺得他看起來一切正常啊!」

亞克遺憾地搖了搖頭,不再多說甚麼。

倒是餃子清了清嗓子,侃侃而談道:「據我所知,醫生對病人做診斷的時候,講究的不外是『望聞問切』四字。所謂的『望』,就是觀察病人的氣色,經驗豐富的醫生,只消看一眼,

就能通過病人的皮膚狀況、指甲顏色、眼珠亮度以及唇舌顏色等，初步判斷出病人的健康情況，甚至能看出病灶所在……」

「哇，餃子，你懂的真多啊！」布布路崇拜地看着餃子。

賽琳娜則是一副扼腕不已的表情：「宇都真那麼溫和有禮又談吐不凡，一看就出身高貴，卻年紀輕輕就身患重病，太可惜了。」

「嗯，宇都真和那個『小偷少年』兩個相貌相同的人，身份卻有雲泥之別，一個剛逃脫鬼門關，一個又即將步入鬼門關，命運真是令人唏噓……」餃子也感歎道。

「我曾聽大哥尤古卡說過，據統計，每個人在世界上都有七張相似的臉，只是一般很難遇見而已……」帝奇思索着說，「小小鹿丹城裏竟然就有兩個如此相似之人，也算是巧合中的巧合。」

「七張相似的臉？」布布路回想起帝奇祖先那張跟他一模一樣的臉，不由得充滿期待地說，「那世界上也有六個跟我長得很像的人？要是七個人相遇了，一定很有趣！」

說話間，幾人回到了宴會廳，見遲到的奇摩出現在人群裏，大家正想上前去打招呼，卻發現奇摩神情陰鬱地盯着某個方向看。

「奇摩醫生在看甚麼？」布布路費解地眨眨眼睛。宴會廳裏人頭攢動，觥籌交錯，一派熱鬧的景象，似乎並沒有甚麼異常。

「大概是這些天救治過的病人吧。」餃子不以為然地聳聳肩膀。

「不，那不是看患者的眼神。」亞克敏銳地注意到奇摩的表情很警惕，瞳孔緊張地收放着。以醫生的直覺來判斷，奇摩的目光中透出的情緒是……驚愕，還有恐懼。

亞克疾步上前，拍了拍奇摩的肩膀，關心地問：「你怎麼了？」

「啊！」奇摩像觸電般回過頭，他的臉色像刷了漆一般異常

蒼白，額頭上也滲出一層冷汗。好半天他才深吸一口氣，聲音顫抖地對亞克說：「我可能發現了一個重大的祕密，但還沒有掌握證據，所以現在不能告訴你。我現在必須走了，不能繼續留在醫療團隊裏幫忙了。抱歉，亞克。」

　　說完，奇摩急匆匆地衝進人群，迅速淹沒在宴會廳的人流中。

　　「奇摩醫生今天好奇怪喲！」布布路困惑地嘟囔。

「不⋯⋯不止今天，我們在鹿丹見面以來，他就變得很奇怪，」餃子托着下巴，若有所思地沉吟道，「在骨槍團的時候，奇摩醫生可不是這個樣子的⋯⋯」

四個預備生對視一眼，他們印象中的奇摩醫生醫術精湛卻散漫不羈，但出現在鹿丹城的他卻舉手投足十分正經，不苟言笑，甚至也沒見他抽過一次煙。

最令布布路他們困惑的是，奇摩醫生在巴勒絲經歷了那麼可怕的風波都泰然處之，到底是多麼重大的祕密，能讓他剛才表現得如此緊張和慌亂呢？

「神醫」變成殺人犯

宴會在布布路他們的疑惑中結束了。大家決定下次見到奇摩醫生的時候，一定要好好問個清楚。

不過，這個答案恐怕要無解了。

第二天一大早，一隊身穿制服的治安官氣勢洶洶地闖進醫療所，帶隊的治安官目光凌厲地掃視一圈，最後鎖定亞克，瞇眼問道：「你就是亞克醫生？」

「是我⋯⋯」亞克點了點頭，話還沒說完，就聽咔嚓一聲，治安官將冰冷的手銬銬在亞克的手腕上。

「亞克，你涉嫌謀殺奇摩醫生，現在你被逮捕了！」治安官冷冰冰地宣佈。短短一句話卻透露出兩個爆炸性的信息：奇摩醫生被謀殺了，而嫌疑人居然是亞克！

布布路簡直不敢相信自己的耳朵，如離弦之箭一般衝到治安官面前，急切地詢問：「奇摩醫生，他⋯⋯他真的死了？」

「沒錯，這是一起謀殺案！」治安官嚴肅地點頭。

一石激起千層浪，醫療所裏頓時炸開了鍋，病人和醫護人員紛紛替亞克辯解：

「亞克醫生怎麼可能是殺人犯？你們一定搞錯了！」

「奇摩醫生和亞克醫生不僅無冤無仇，還是老朋友！」

「亞克心地善良，救治了那麼多病人，簡直是神醫轉世！」

「我們不相信神醫是殺人兇手！」

四個預備生更是如遭雷擊，一想到昨天還活生生的奇摩醫生突然去世了，大家心中就充滿了悲傷與不捨，但更多的是無法接受這是事實。奇摩身為骨槍團的一員，戰鬥力可不弱，怎麼可能突然死於非命呢？兇手又怎麼可能是有着仁醫之心的亞克呢？

治安官帶來的爆炸性消息讓布布路幾人驚得滿頭大汗，賽琳娜揉了揉生疼的太陽穴，思索着問治安官：「你們說亞克叔叔是殺人兇手，有證據嗎？」

「當然有證據，」治安官拿出一張紙，把寫滿字的一面朝向眾人，「這是奇摩的屍檢報告。」

布布路趕緊接過屍檢報告，閱讀起來：「死者身上有多處致命刀傷，每一刀都是起刀輕，中間重，收尾輕，刀口還帶有一點彎折的角度，可以斷定兇手為一人。」

讀完屍檢報告，布布路一頭霧水，不知道這能說明甚麼，

餃子三人的臉色卻變得越發難看。

帝奇神情凝重地解釋道：「正如每個人都有不同的筆跡，每個醫生也有自己獨特的運刀手法。起刀輕，中間重，收尾輕，刀口略帶彎折，這的確是亞克叔叔特有的運刀手法！」

這些天，帝奇跟着亞克做了好多台手術，早已對亞克的習慣瞭如指掌，這個證據對亞克非常不利。

餃子則機警地提出質疑：「雖然每個人的筆跡有所不同，但筆跡是可以模仿的；醫生的運刀手法雖然各有千秋，但也可以互相借鑒，不是嗎？說不定是有人故意模仿和嫁禍，你們不能單憑這一點就抓人！」

「我們當然不會僅憑這一點就抓人，除了屍檢報告，我們還

有人證！」治安官胸有成竹地回應，「我們在奇摩昨晚下榻的旅店裏找到多名目擊者，他們都能證明亞克是昨晚最後出入奇摩客房的人，而且亞克和奇摩在客房裏發生了激烈的爭吵！亞克離開旅店後不久，人們就發現奇摩遇害了，難道這還不夠證明兇手就是亞克嗎？」

四個預備生啞口無言，一時間，所有人的目光都集中到亞克身上，他昨天晚上真的去了奇摩的客房嗎？

亞克似乎也在這巨大的打擊中驚呆了，他渾身僵硬，臉色發白，好一會兒，才如夢初醒般開口道：「昨晚奇摩離開時，情緒看起來很不穩定，這讓我很擔心。所以宴會一結束，我便去他下榻的旅館找他。奇摩正在客房裏收拾行李，他說自己必須在天亮前趕到一個地方，去處理一件無比重要的事。我不放心地詢問了幾句，他開始不耐煩地朝我發火，說那是祕密，不能告訴我，還讓我趕緊離開，不要耽誤他的計劃。我見他的情緒

越來越激動，就對他說希望他能冷靜一下，如果他遇到困難，可以隨時用卡卜林毛球聯繫我，然後我就離開了。萬萬沒想到，我離開後他會遭遇不測，我不該丟下他的……」

說到最後，亞克的眼中充滿悲傷與悔恨。

「物證人證俱全，你不要再假惺惺地狡辯了！留着你的力氣去見法官吧！」帶隊的治安官厭惡地看着亞克，對手下下令，「沒收他的怪物卡，將他帶走。」

一群治安官一哄而上，不由分說地把亞克押走了。

人們漸漸散去，醫療所門口只剩下四個預備生還呆立在原地。布布路用力咬了咬嘴唇，眼眸因悲傷變得通紅通紅的，他不甘心地說：「我不相信奇摩是這麼輕易就死掉的傢伙，更不相信亞克叔叔會殺害奇摩醫生，我一定要找出真相！」

餃子三人面色凝重地點頭，不論是為了蒙冤的亞克醫生，還是為了慘死的奇摩醫生，他們都絕不能讓真兇逍遙法外！

新世界冒險奇談
第四站 STEP.04
暗訪東心齋
MONSTER MASTER 19

案發現場的可疑人影

恐怕整個鹿丹城的人都沒想到，一夜之間，受全城百姓景仰的「神醫」竟然淪為了殺人嫌疑犯！

這簡直是太荒謬了，布布路四人認為奇摩醫生的遇害大有蹊蹺，下定決心一定要調查出真相。

「要釐清真相，必須掌握第一手資料，」餃子鄭重地提議道，「所以我們必須親自去案發現場看看，也許能找到一些線索證明亞克叔叔的清白。」

於是，四個預備生趕往奇摩下榻的旅店 —— 東心齋。東心齋位於鹿丹市中心，是城中最大的旅店，主建築是一棟三層的木頭小樓，看起來古樸清雅。

此時，因為發生命案的關係，東心齋已被治安官所控制，大門上貼着「暫停營業」的封條。兩個治安官一左一右守在門口，禁止一切閒雜人等入內。店主老爺爺因為生意受損而擺着一張黑臉，不高興地坐在櫃台內。

從正門進入旅館顯然是不可能了，餃子朝大家努努嘴，四人躡手躡腳地繞到旅館的後巷。

兩名治安官正在後巷中巡

邏，看見布布路四人，便警覺地走過來質問：「這條暗巷被封鎖了，你們是甚麼人？」

　　帝奇略微頷首，身後的指尖泛起一絲銀光。

　　餃子忙按住帝奇，隨手召喚出藤條妖妖。藤條妖妖從餃子的後頸悄悄探出頭，頭頂的花朵迅速綻放，朝兩名治安官撒出一大片帶着異香的催眠花粉，兩名治安官的眼珠很快像蚊香圈一樣轉起來，身體晃了幾下，爛泥般癱軟下去。

　　四個預備生俐落地翻牆爬過屋頂，悄無聲息地進入旅店三樓的走廊。

　　這是一座「回」字形建築，一道道古色古香的推門沿着走廊均勻分佈，四

邊的走廊各有一條樓梯直通一樓大廳。

「好大的旅店啊!」布布路困惑地四下張望,「昨晚奇摩醫生住的是哪一間客房呢?」

「小聲點!」賽琳娜捶了布布路一拳,低聲解釋,「通常案發現場都會拉起顏色醒目的封條,大家仔細找找。」

布布路會意,指向南側二樓的某個房間,目光凌厲地說:「這麼說,那應該就是奇摩醫生的客房了,不過剛剛我看到有個人鬼鬼祟祟地閃了進去!」

「是治安官嗎?」賽琳娜緊張地說,立馬又否定道,「不對,治安官沒必要鬼鬼祟祟地進入案發現場。」

「難道是真兇?」餃子狐狸面具下的雙眼閃過一絲精光,「根據犯罪心理的研究,很多殺人兇手都有重返案發現場的行為,有一類兇手是害怕自己留下了不該留的證據,所以回去清理現場,還有一類超級變態的兇手,是想回去重溫行兇時的感覺……」

「我去抓真兇!」沒等餃子長篇大論完,布布路已經衝了出去。

眼看布布路就要衝進案發現場的客房,帝奇突然疾步上前,擋住布布路的去路,簡短地說:「別打草驚蛇,也不要破壞案發現場!你們在這兒等着,我先進去看看。」

「哦!」布布路乖乖退了一步,帝奇側過身閃進虛掩的客房門內。

下一秒,屋內傳來一聲重物落地的悶響,緊接着是帝奇的

低聲提示。「好了，你們進來吧。」

布布路三人趕緊推門而入，只見一個髒兮兮、黑乎乎的人影呈「大」字形撲倒在地，那人披在身上的寬大黑袍被帝奇用數十把飛刀牢牢釘了一圈，不光爬不起來，連挪動一下都無比吃力。

「可惡，放開我……」那人呻吟着，艱難地扭過脖子怒視布布路他們。

一看到那個人的臉，尤其是他脖子上眼熟的包紮繃帶，布布路三人全都目露驚異 —— 這不是「小偷少年」嗎？

來自童話鎮的少年

「你就是殺害奇摩醫生的真兇嗎？」布布路揪住「小偷少年」，激動地質問道，「亞克叔叔救了你的命，你為甚麼要嫁禍於他？最重要的是，你為甚麼要殺害救助了無數鹿丹百姓的奇摩醫生啊？」

布布路說着，怒從中來，緊握的拳頭顫抖着，就要向「小偷少年」揮過去。

「不是我，我沒有殺人！」因為脖子受傷，「小偷少年」的聲音十分嘶啞，看到布布路的拳頭離自己越來越近，他嚇得哀求起來，「我快……快不能呼吸了，請……請你們放開我，我發誓不會再逃了。」

「他的脖子好像很難受，」賽琳娜推推帝奇，「把他放開吧，

我們這麼多人，不會讓他逃掉的。」

帝奇點點頭，拔掉飛刀，「小偷少年」趕緊坐起來，捂着脖子大口大口地呼吸空氣，過了半天，蒼白的臉上才有了血色。

「就算你沒殺人，也肯定和這件事有關，」帝奇目光犀利地盯着「小偷少年」，冷冷地問，「說！你為何鬼鬼祟祟地溜進案發現場？你最好老實交代，否則我們只能把你交給治安官了。」

「小偷少年」猶豫了一下，在布布路四人的逼視中，怯生生地回道：「我，我叫龍葵，我之所以來這裏，是想確認一下奇摩是不是真的死了。因為……」

提到奇摩的名字，龍葵眼中充滿恐懼，聲音顫抖地說：「因為奇摩是可怕的惡魔，他曾經試圖對我不利！」

奇摩醫生曾經對龍葵不利？四個預備生交換了一個疑惑的眼神，目光齊刷刷地又看向龍葵。

「龍葵，你是不是搞錯了？」餃子納悶地問，「奇摩醫生是個連手術刀都不願意使用的草藥醫生，怎麼會做出傷害別人的事？」

「我發誓，我說的都是真的！」龍葵舉手起誓道，「你們曾經救過我的命，我相信你們是好人，所以我願意把我的身世告訴你們……」

自從有記憶以來，龍葵就生活在一個名叫童話鎮的地方。那裏雖被稱為「鎮」，其實是一所封閉式管理的寄宿制學校。學校裏的學生都是孤兒，大家從小都生活在童話鎮裏，

從來沒有人接觸過童話鎮以外的世界。

事實上，學生們也害怕走出童話鎮。因為有傳言說，他們之所以會被拋棄，是因為他們從出生那一刻起就背負着被詛咒的命運，只要他們離開童話鎮，就會遭遇不測。

幸運的是，在校長梅麗安的經營之下，學生們過着衣食無憂、與世無爭的生活，雖然無父無母，但孤兒們就像兄弟姊妹一樣互相照顧，大家的生活一直稱得上是幸福和快樂的。

但在不久前，發生了一件令人唏噓的意外事件，徹底打破了學校內的祥和氛圍。

一名學生在好奇心的驅使下，偷偷溜出了童話鎮，想要親眼看一看外面的世界，結果他迷失在茫茫的沙漠中，飢渴難耐地陷入昏迷。幸運的是，這名學生最終被營救回童話鎮，可他的精神顯然受到極大的刺激，整個人就像是着魔了一般，不停喃喃自語着：「鑽石……好多鑽石……鑽石牢籠囚禁了我……我們是被囚禁的籠中鳥……永遠，永遠逃不出去……」

沙漠裏怎麼會有鑽石呢？更不可能有大量的鑽石將他圍困住……沒人能聽得懂他在說甚麼。他出現了精神錯亂，不安的氣氛在校園裏散播開來。

第二天，校長梅麗安女士召開了全校大會，會上，梅麗安校長告知學生們，那個學生之所以胡言亂語，是因為他在沙漠中嚴重脫水，導致出現幻覺，醫療所裏的醫生會好好治療他的，不過他擅自行動，必須受到關禁閉的懲罰。

　　與此同時，梅麗安校長還頒佈了禁令，學生們不得再擅自離開童話鎮，以避免同樣的危險再度發生！

奇摩的另一重身份

　　為了確保學生們的安全而進行戒嚴管理，這本無可厚非，但瀰漫在童話鎮內的不安情緒卻並沒有因此而消失……

　　接下來，陸陸續續又有一些同學毫無徵兆地消失了，這些同學再也沒有回來，也沒有人向校內的學生們做出任何解釋或者說明。同學們私下裏紛紛猜測，那些同學可能也偷偷離開童話鎮了，但是他們沒有之前的那位同學幸運，沒能等到營救，背負在他們身上的詛咒應驗了，他們極有可能都遭遇了不測。校長和導師們的沉默，只是不想加劇校園裏的恐慌。

　　只有龍葵覺得這些失蹤事件疑點重重，因為在那些消失的同學中，有一個恰巧是龍葵的室友，兩人之間幾乎無話不談，那位同學一直對童話鎮的生活心滿意足，從未表露出一絲要離開學校的念頭，龍葵絕不相信他會擅自離開。

　　十多天前的夜晚，龍葵躺在宿舍裏，半夢半醒之間，他突然被人從床上架了起來。隨即，有兩個聲音在龍葵耳邊輕聲低語，通過那兩個聲音的交談，龍葵得知自己的晚餐中居然被添加了足量的安眠藥。

　　龍葵的後背被冷汗濕透，他不由得慶幸今天的大部分晚餐被一個討厭的傢伙搶走吃了。龍葵裝作昏迷不醒的樣子，

任由那兩個人將他一路架出宿舍，但他的大腦一直在高速運轉着，難道那些失蹤的同學都是被這樣帶走的嗎？這兩個人要把他帶到甚麼地方去？又要如何處置他？

龍葵心跳如鼓，腦海裏本能地蹦出一個聲音：他不能這樣被帶走，但也不能繼續留在童話鎮了，他必須要自救！

於是在半路上，龍葵伺機掙脫了那兩個人，經過一番混亂的廝打後，龍葵甩開了那兩個人，拚命逃走了。然而從未離開過童話鎮的龍葵，很快就在沙漠中迷失了方向，就在他飢渴難耐、體力透支的時候，鹿丹城出現在了眼前。

龍葵在城內的一家食品店裏飽餐了一頓，還用一塊破布包了滿滿一包袱的食物。沒想到就在他準備離開食品店的時候，莫名其妙地跳出一群人，那些人讓他支付一種名叫「盧克」的東西。龍葵拿不出來，那些人就目露兇光地撲上來。龍葵嚇壞了，倉皇地逃跑，剛逃出城門，體內突然湧起一股劇烈的不適，隨即眼前一黑，失去了意識⋯⋯

當他醒過來的時候，發現自己躺在一個奇怪的石頭盒子上，鼻腔裏充斥着刺鼻的消毒水味，還有一群陌生人圍在身邊。

龍葵正打算詢問這是甚麼地方，突然在人群中看見了一張令他聞風喪膽的面孔──奇摩！

「那天晚上，把我從宿舍裏架出來的兩個人之一，就是奇摩！」龍葵臉色陰沉地說，「我在廝打中扯下他的面罩，我絕不

會認錯人，因為奇摩是童話鎮醫療所裏的一名醫生，同學們都對他很熟悉！」

聽到這裏，四個預備生恍然想起半個月前發生在醫療所裏的事，當時他們都以為龍葵害怕的對象是亞克叔叔，原來令龍葵嚇破膽的人是奇摩醫生。

龍葵臉上浮現出無奈和悲傷的神色，輕聲說道：「從醫療所逃走以後，我再也不敢到處亂跑，白天都謹慎地躲起來，夜間才出來活動，找一些水和食物。在此期間，我知道了救我性

命的是城中的神醫亞克，我曾想去道謝，但每次想到奇摩在亞克醫生身邊，我就退縮了。直到今天上午，城裏公佈了奇摩的死訊，殺死他的兇手居然是亞克醫生！我不相信我的救命恩人是殺人兇手，也懷疑奇摩根本沒有死，說不定他是為了讓我放鬆警惕，才故意放出假消息。所以我決定偷偷溜到這裏調查一下。」

　　布布路四人在一旁認真地聽着，腦子好像是被貓扯亂的毛線球一樣 ——

　　奇摩不是骨槍團的醫生嗎，怎麼會跑到童話鎮去？之前龍葵若不是遇到亞克叔叔，肯定早已兇多吉少。難道離開童話鎮的人真的會因為詛咒遭遇不測嗎？奇摩所發現的「重大祕密」又是否與童話鎮或者與龍葵有甚麼關係呢？

　　事情好像越發撲朔迷離了，看似不相關的線索似乎又是糾纏在一起的，讓人完全理不出頭緒。

怪物大師配角大搜索

Q02 布布路他們曾在鹿丹所在的沙漠中救過一支考古隊，你還記得其中那位挖掘出破壞神之甲的教授叫甚麼名字嗎？

A. 霍普　　　　　B. 霍金
C. 阿爾法　　　　D. 首陀羅

答案在本頁底部，答對得 10 分，你答對了嗎？

■即時話題■

布布路：如果每個人在世界上都有七張相似的臉，那雙子導師他們各有七張相似的臉，加起來就有十四張相似的臉？還是他們本身佔了各自的一個名額，然後加起來就是十二張相似的臉？又或者加上他們倆，一共才七張相似的臉？

帝奇：……

餃子：布布路，注意了，對方拒絕回答，並送了一個白眼。

布布路：難得我問出這麼有技術含量的問題，你們居然不理我！

賽琳娜：因為誰都沒辦法解答，畢竟這個說法其實挺帶傳奇色彩的，真實與否有待考察。

帝奇：我大哥說過，統計數據來自紅帽子，應該是真的！

餃子：呃，你大哥會不會其實和紅帽子私交不錯啊？只是打過一次交道，印象還不好的話，是不會聊這種堪比冷知識的話題的吧？

帝奇：……

布布路：餃子，注意了，對方拒絕回答，並送上了一個白眼。

餃子：布布路，你學壞了！

完成這個測試後，你可以判定自己參與的怪物大師配角大搜索行動是否成功。

測試答案就在第十九部的 241 頁，不要錯過喲！

新世界冒險奇談
第五站 STEP.05

客房奇遇
MONSTER MASTER 19

真假店主

　　嘟 —— 嘟 ——

　　尖銳刺耳的警報聲突然響徹旅館，緊接着，一陣凌亂的腳步聲沿着樓梯朝二樓靠近。

　　帝奇順着窗縫朝外看了一眼，擰着眉頭說：「治安官衝上來了。」

　　一定是有人發現了被餃子迷暈的兩名巡邏治安官！

　　見勢不妙，龍葵驚慌失措地想要逃跑，但他的手還沒碰到

客房門，就被餃子拎住脖頸拽了回來。

　　龍葵像隻傻掉的大貓一樣，愣愣地問：「我已經把知道的事情都告訴你們了，你們還想怎麼樣？」

　　「笨蛋！」賽琳娜叉腰教訓道，「你怎麼比布布路還不懂人情世故？你現在跑出去，豈不是剛好被治安官逮個正着？」

　　「那該怎麼辦？」龍葵着急地問。

　　「既不能出去，也不能在這裏坐以待斃，這下麻煩了，」餃子憂心忡忡地嘟囔，「我們現在是擅闖案發現場，如果被認出身份的話，一定會被通報十字基地的……」

咔咔咔⋯⋯

就在大家走投無路的時候，客房內側的牆壁突然傳來細微的聲響，畫在牆紙上的仙鶴動了起來！原來客房的內壁是一扇隱藏的拉門，連接着另一個房間！

滿臉皺紋的店主老爺爺從拉門後探出頭，對布布路他們連連招手，示意他們進去。

聽見治安官沉重的皮靴聲已到客房門口，大家來不及細想，一股腦兒地衝進了拉門。

店主老爺爺把拉門關上的同時，客房的房門也被推開了。

透過拉門上的小破洞，布布路他們看見五六名治安官走了進來，仔細地四下搜尋起來。

奇怪的是，治安官隊伍的最後，一個熟悉的人影出現了，正是店主老爺爺。

他跟在治安官們屁股後面，煩躁地發着牢騷：「你們到底還要封鎖我的旅館多久？你們知不知道我每天要損失多少盧克？我早說了，根本沒人偷偷溜進旅館，你們趕緊走吧，不要再耽誤我做生意了！」

搜索了一番，治安官們一無所獲，只好撤出客房，店主老爺爺喋喋不休地跟了出去。

布布路他們緊張地回頭，店主老爺爺明明跟在治安官身邊，那這個跟他們一起藏在拉門後的又是誰？

確認治安官已經下樓離開了，布布路他們身邊的店主老爺爺長長呼出一口氣，生氣地教訓道：「你們幾個膽子太大了，居然跑到這裏來了！」

布布路四人一怔——是亞克叔叔的聲音，這個店主老爺爺竟然是亞克叔叔易容假扮的！

「亞克叔叔，你怎麼會在這裏？你的罪名洗脫了嗎？」布布路激動地迎上去。

亞克遺憾地搖了搖頭，解釋道：「當時，老友猝死的消息讓我一時之間腦海一片空白，被押走後不久，我終於清醒過來，從前天的反應來看，奇摩的死絕對另有玄機，我絕不能讓他就此枉死。因此我鋌而走險地在路上把那幾個治安官弄昏了，喬裝改扮跑來這裏調查線索。我比你們早到一步，你們剛才的對話我都聽到了。」

「亞克醫生，謝謝你救了我。」龍葵眼中閃出一抹驚喜，衝上前說。

「不用謝，我是一名醫生，救死扶傷是我應該做的，看到你恢復得不錯，我就放心了。」亞克溫和地拍拍龍葵的肩膀，又從衣袋裏掏出一張地圖，對布布路他們說：「這是我剛才在奇摩客房的書桌夾層裏發現的，你們看。」

那是一張琉方大陸中部沙漠地區的地圖，在地圖上距離鹿丹城五十公里遠的地方，用醒目的紅色筆標注了三個字——童話鎮！

做了半個月的醫療助手，賽琳娜已對奇摩的筆跡十分熟悉，立刻斷定道：「這是奇摩醫生的筆跡，看來這一切都和童話鎮脫不了關係。」

亞克點點頭，神情嚴峻地說：「我打算去童話鎮走一趟。」

「我們跟你一起去！」布布路自告奮勇地上前一步，「亞克叔叔，我們今天來這裏，就是要幫你洗脫冤屈，抓到殺害奇摩醫生的真正兇手！」

餃子三人目光堅定地點着頭。

「我，我也想跟你們一起回去，」龍葵猶豫了片刻，咬着嘴唇說，「我很擔心在童話鎮的那些同學，我不希望他們也被半夜架走，不明不白地消失，我想救他們！但是我能力有限，希望，希望你們能幫幫我！」

亞克看了看四個心意已決的預備生，又看了看龍葵，最終歎了一口氣道：「事不宜遲，我們趕緊動身吧。」

隨後，一行人小心翼翼地溜出客房，打算翻牆離開。誰料大家剛踏入走廊，身後就傳來一聲大喝：「站住！」

走廊的陰影處緩緩走出一個佝僂的人影，糟糕，是真正的店主老爺爺！

神乎其神的急救術

「你是甚麼人？為甚麼冒充老朽？」店主老爺爺一看到亞克，頓時火冒三丈，隨手抄起一把鐵耙，怒氣衝衝地朝着亞克打來。

亞克急忙側身翻過走廊的護欄，跳到樓梯上，避開這一擊。

「你還敢躲？」老店主更生氣了，揮舞着鐵耙追上來，劈頭蓋臉地朝亞克一通亂叉亂砸。

亞克擔心傷到店主老爺爺，不敢還擊，只能連連躲閃，布布路四人則焦頭爛額地跟在後面。

不知不覺中，大家來到一樓的庭院裏，在門口把守的治安官已經撤走了，此時的東心齋裏空無一人。

店主老爺爺氣得七竅生煙，握着鐵耙的手劇烈地顫抖着，但他還是咬着牙，再次舉起鐵耙。

可這次，店主老爺爺的動作突然僵住了，呼吸猛然一滯，身體劇烈地抽搐了幾下，直挺挺地往後倒下去。

「老爺爺！」布布路像離弦的箭一樣衝過去，扶住店主老

爺爺。

在亞克的指示下，布布路輕手輕腳地讓店主老爺爺平躺到地上。就見店主老爺爺雙眼緊閉，面色慘白如紙，已經失去了知覺。

亞克半跪在店主老爺爺面前，手法熟練地替他做檢查，嘴裏喃喃唸着：「氣息微弱⋯⋯頸動脈搏動消失⋯⋯心臟停止跳動⋯⋯不好，是心室顫動！」

「店主老爺爺是因為心事太多，所以暈倒了嗎？」布布路疑惑地搔了搔臉頰。

沒人接布布路的話，餃子三人臉色鐵青，心室顫動是指人的心室失去了有效的收縮能力，會直接導致血液流通受阻，心臟停止跳動，是一種致死率高於百分之九十五的突發性疾病！

「怎麼辦？」龍葵急得直抓頭髮，「奇摩醫生遇害的事還沒調查清楚，現在我們又把店主老爺爺也氣死了嗎？」

一片慌亂中，亞克深吸了一口氣，猛地揮起拳頭，朝店主老爺爺的胸口重重捶下一拳。*

「啊！」突如其來的一幕驚得五個少年齊齊驚呼出聲。

下一秒，店主老爺爺哇地吐出一口氣，睜開了眼睛。他一時間還沒有力氣坐起來，只是恐懼地看着亞克。

「抱歉，是不是把您打疼了？」亞克一臉歉意地對店主老爺爺解釋道，「事發突然，手頭又沒有工具，我不得不採用心前

---

* 未經專業訓練請勿模仿。

區捶擊的急救法，通過拳頭的衝擊刺激僵滯的心臟肌肉，使之恢復功能，這是只有在心室震顫剛發生不久時才有效的方法，但很難準確地掌握力道，剛剛實屬情況緊急才無奈冒犯的！」

布布路五人恍然大悟，不禁同時朝亞克豎起大拇指：「亞克叔叔，您真是太棒了！」

「是你救了老朽？」老店主困惑地看向亞克，「你，你是那個神醫亞克？」

亞克點了點頭，伸手將店主老爺爺扶起來，不放心地囑咐道：「老先生，想必您的心臟疾病已有多時了吧？剛才我所做的只是急救措施，治標不治本，我建議您去城內的醫療所進一步診治一下，您需要長期服用藥物來調理。」

店主老爺爺神情複雜地看了亞克好一會兒，尷尬地開口道：「亞克醫生，你知不知道老朽就是讓你被捕的證人之一？」

　　亞克不以為意地笑了笑說：「您只是將自己看到的事情如實匯報給治安官而已，而我是一名醫生，見到病人就履行了自己的職責而已。未經您許可就易容成您的樣子，非常對不住。」

　　「沒關係，沒關係，」店主老爺爺渾濁的眼中泛起點點淚光，感激地說，「謝謝你，亞克醫生，你有一顆醫者的仁慈之心，老朽相信你絕不會是兇手！」

　　「亞克醫生，我也相信您。」龍葵在一旁連連點頭，「原本我對您還存有一點疑慮之心，但現在我完全相信您的為人了。」

　　龍葵這一出聲，老店主才注意到一直躲在眾人身後的龍

葵，臉上不禁露出驚喜之色。

「宇都少爺！您大駕光臨東心齋，老朽真是榮幸備至！」老店主撐着身體，張開雙臂想要表示歡迎，但隨即又露出心疼的表情，淚水漣漣地說，「宇都少爺，您怎麼把自己弄成了小乞丐的模樣？」

宇都家族的繼承人

「宇都少爺？」龍葵一臉迷茫地看着店主老爺爺，顯然他並不知道宇都少爺是何許人也。

倒是布布路他們很快反應過來，店主老爺爺也把龍葵當成昨天他們在黑胡椒餐廳的私人包廂裏遇到過的少年宇都真了。

店主老爺爺虛弱地站起身來，拉着龍葵的手碎碎唸道：「宇都少爺，真是太感激您了，是您給了老朽新生！」

「新……新生？」龍葵尷尬得滿臉通紅。

店主老爺爺抹了一把眼淚，情深意切地說：「您向來施恩不望報，也許已經忘記了，但老朽對當年的事仍記憶猶新……那時，老朽只是個失去家園、孤苦無依的流浪者，快要餓死在鹿丹城門口的時候，是您給了我食物和水，救了我的命。不僅如此，您還常常對受您接濟的窮人們說『授人以魚不如授人以漁』，鼓勵我們說無論生活有多糟糕，總有可以為之努力的事情，建議大家去工作，靠自己的雙手改變命運。您聽說老朽以

前經營過旅館，就委任老朽擔任東心齋的店主，讓年邁的老朽
有了一方棲息之地……」

「原來這家東心齋是宇都真的產業，」餃子摸摸下巴，「果
然是豪門子弟……」

「不僅是東心齋，」店主老爺爺自豪地介紹道，「以鹿丹城
為中心，方圓千里的土地都是宇都家族的產業。宇都家族擁有
鹿丹城大部分的商鋪和公共事業，為許許多多的平民百姓和
流浪者提供工作機會，宇都少爺更是親力親為，經常親自體察
民情，解決百姓的疾苦，深受人們的尊敬和喜愛……咳咳咳！」
店主老爺爺身體虛弱，激動地說了一些話，不禁咳嗽起來。

「老先生，您現在需要休息，如果不調養好自己的身體，怎
麼繼續幫宇都少爺經營東心齋呢？」亞克適時地插話道。

聽了亞克的話，店主老爺爺趕緊住了口，乖乖回臥房休息
去了。

考慮到治安官隨時會到東心齋來調查，布布路他們抓緊時
間離開，找了處僻靜的角落，商量接下來的行動計劃。

「我們先把現有的信息梳理一下。」賽琳娜擺出大姐頭的
架勢，開口道，「第一，來自童話鎮的龍葵和宇都家族的獨子
宇都真長得一模一樣；第二，宇都真是宇都家族的繼承人，宇
都家族掌握了方圓千里的土地，童話鎮恰恰在這個範圍內；第
三，離奇去世的奇摩醫生留下的地圖上恰恰標注了童話鎮的信
息，並且，龍葵聲稱當時想加害於他的人正是奇摩……這麼多
巧合實在讓人不得不懷疑，宇都家族與童話鎮還有奇摩之死

之間有着甚麼牽連……」

「我看龍葵和宇都真說不定真像布布路所說是雙胞胎！」餃子展開聯想，有板有眼地說，「自古以來，不少皇室、貴族和豪門都認為雙胞胎是很不吉利的，如果生了雙胞胎，就要分開來養，或者遺棄其中一個。也許宇都家族就是這種迷信雙胞胎不吉利的家族，所以他們就把其中一個當作孤兒送到童話鎮。如果從惡意的角度來猜測，或許宇都真長大後，無意中得知自己還有一個雙胞胎兄弟，他覺得這勢必會影響他的繼承權，於是雇用殺手去殺害自己的兄弟龍葵。至於奇摩醫生，我相信他絕不是壞人，也許……當時他是想救龍葵才擄走他的？」

餃子的故事越編越不靠譜，帝奇實在聽不下去了，翻了個白眼道：「亞克叔叔不是說宇都真已經活不過三個月了嗎？既然如此，他何必要殺龍葵？」

「就算宇都真想要殺害龍葵，童話鎮上其他失蹤的孩子又是怎麼回事？」賽琳娜也緊接着提出質疑。

餃子被問得啞口無言，悻悻地乾笑兩聲。

比起四個預備生，亞克和奇摩的交情更深一些，也許他能提供一些布布路他們不知道的線索。想到這裏，大家的目光齊齊看向亞克。

亞克沉吟片刻，終於抬起頭道：「我們與其在這裏胡亂猜測，不如在前往童話鎮之前，先去宇都真家裏走一趟，也許會有意外的收穫。」

新世界冒險奇談

第六站 STEP.06

公子與貧兒
MONSTER MASTER 19

深受百姓愛戴的貴公子

　　主意已定，布布路一行按照宇都真留的紙條上的地址，馬不停蹄地朝宇都家族的宅邸趕去。

　　因為疫情已經得到控制，鹿丹城內緊張的氣氛大大消減，街道上人來人往，熱鬧非凡，不過，路邊牆面和佈告欄上，到處貼滿了亞克的通緝令，身穿制服的治安官面色凝重地在街頭巷尾巡視着。

　　幸好此時亞克偽裝成了東心齋店主老爺爺的樣子，沒人能

認出他的真實身份，而且店主老爺爺也認識宇都真，跟着布布路他們一起去拜訪，不會顯得很奇怪。

可大家走着走着，腳步卻不禁慢了下來。

路上的百姓都對布布路他們表現得十分恭敬，不，準確地說，他們的恭敬是針對龍葵一個人的，因為他們都把龍葵誤認成了宇都真。

一位老婦人顫顫巍巍地走上前，鼻涕一把淚一把地對龍葵說：「宇都少爺，謝謝您出錢幫我治病，我的身體已經康復了。」

一個四五歲的小男孩眨巴着大眼睛，一個勁兒把自己的棒棒糖往龍葵手裏塞，奶聲奶氣地說道：「宇都真哥哥，我家壞掉的房子修好了，謝謝您的幫忙。」

「哎喲，宇都大少爺，您是不是又跑去幫忙修集市了？」一個中年大嬸擠上來，連連拍打龍葵衣服上的塵土，心疼地說，「粗活兒交給我們就好了，您為老百姓做了那麼多好事，我們怎麼忍心總是讓您親力親為呢？」

越來越多的百姓圍上來，真摯地向龍葵表達內心的感激：

「一旦集市蓋好了，又能解決好多人的就業問題。」

「宇都少爺真是大善人！」

「鹿丹城有宇都家族，是我們老百姓的福氣！」

布布路一行步履維艱，好不容易才甩掉熱情似火的百姓，拐進一條相對安靜的小路。

「那個宇都少爺真和我長得那麼像嗎？」龍葵一路上都被

誤認作宇都真，享受了無數稱讚話語，對宇都真也越發好奇起來，「聽起來他是個大好人，不知道他見到我之後會有甚麼反應。」

賽琳娜看穿了龍葵的不安，安撫他說：「不用擔心，我相信宇都真對你沒有惡意，說不定我們還能從他那兒得到一些意想不到的線索呢。」

大家沿着數米高的紅牆又走了很長一段路後，終於看到了宇都家族的宅邸。那是一棟精美絕倫、富麗堂皇的城堡，紅色的屋頂，乳白色的牆壁，七彩的琉璃窗戶，城堡頂部矗立着一個個圓錐形的尖塔，直衝蒼穹。城堡的門口一左一右守着兩個守衛，兩人均是面無表情，就像兩尊威嚴的門神。

布布路大大咧咧地走上前，對守衛說：「守衛大哥你們好，我們是受邀來見宇都少爺的。」

兩名守衛居高臨下地掃了布布路他們一眼，當看到龍葵時，二人的表情立馬警惕起來，發出一連串的質問：「你們是甚麼人？找少爺有甚麼事？為甚麼這位少年和少爺長得那麼像？」

餃子面具底下的眼珠子骨碌碌地轉了幾圈，笑瞇瞇地上前套話道：「兩位大哥別急，這位龍葵少爺，其實是你們宇都少爺失散多年的親兄弟……」

「胡說八道！」一名守衛正顏厲色地說，「我已經當了宇都家族十年的護衛，從未聽說過宇都少爺有兄弟，而且少爺他氣宇軒昂，尊貴優雅，怎是這個邋遢小子能夠相提並論的？你們這些人休想在宇都家族的門前搗亂！」

另一名守衛則指向易容成東心齋店主的亞克，怒氣衝衝地質問：「老人家，你是受了少爺的幫助才有了今天的生活，怎能忘恩負義，帶着一群騙子來找少爺的麻煩？」

亞克尷尬地笑了笑。

餃子三人暗暗交換了一個眼神，街上的老百姓都把龍葵當成了宇都真，這兩名守衛卻一眼就認定龍葵與宇都真不同，可見兩名守衛對宇都真非常熟悉。連他們都堅稱宇都真沒有兄弟，難道龍葵真的和宇都家族沒有關係嗎？

就在兩名守衛義憤填膺地要把布布路一行交給治安官時，一個高大挺拔的人走出城堡，淡淡地問：「甚麼事吵吵嚷嚷的？」

「管家大人。」兩名守衛收起武器，恭敬地對着來人行禮，將龍葵冒充宇都真兄弟的事匯報了一遍。

「無妨無妨，這幾位只是愛開玩笑，他們的確是少爺邀請的客人。」管家對布布路一行微微頷首道，「幾位請隨我來，少爺正在裏面等你們。」

無法醫治的絕症

管家將布布路一行迎進城堡。

城堡內部同樣富麗堂皇，大理石地面擦拭得光可鑒人。順着長長的天鵝絨地毯，管家帶着大家穿過金碧輝煌的走廊，來到走廊盡頭的房間。

房間十分寬敞整潔，天花板上掛着華麗的水晶吊燈，牆壁上是精美的羊毛掛毯和名貴的油畫，空氣中卻充斥着揮之不去的藥味。在房間中央的豪華大床上，半躺着一位面色蒼白的少年，正是宇都真。

「少爺，」管家一絲不苟地對着宇都真行禮，「客人來了。」

宇都真低聲吩咐管家去為客人沏茶，然後彬彬有禮地對布布路他們打招呼：「你們好，我們又見面了。」

說話的同時，他看到了龍葵。這一瞬間，宇都真的腦子裏猛地傳來一陣窸窸窣窣的聲音，那聲音彷彿急於想告訴他甚麼，但他越想聽清楚頭就越疼，這讓他的太陽穴一跳一跳的，呼吸也不由得越來越急促。

「您沒事吧？」易容成老店主的亞克快步湊到宇都真面前，撫摸着他的背說，「放鬆，深呼吸……」

宇都真的呼吸很快平緩下來，看到老店主，他溫和地回應道：「我沒事，您怎麼也來了？」

亞克愣了愣，含糊地解釋道：「宇都少爺，這幾位少年之前入住了東心齋。老朽聽說他們要來見您，所以不放心地跟來了。」

「原來是這樣，」宇都真語帶歉意地說，「我因昨日參加宴會受了些風寒，身體不適，不能起身接待大家，還請大家多包涵。」

說話的時候，他仍難以置信地反覆打量着龍葵，彷彿在確認眼前這個跟自己一模一樣的少年是不是自己的幻覺。

看着一臉病容、憔悴無比的宇都真，餃子他們不禁暗暗歎氣，看來亞克叔叔的診斷沒錯，宇都真確實病入膏肓了。

布布路一臉悲傷，吸着鼻子，難過地問道：「宇都真，你真的時日無多了嗎？」

「布布路，說話不能這麼沒禮貌！」賽琳娜氣惱地用力瞪布布路。

「沒關係，我的確是患了不治之症，」宇都真卻大度地笑了笑，平靜地說，「我生來便患有一種先天性疾病，這病會讓我體內的臟器一點點地壞死……按以往速度來看，我

的生命不過三個月了！不過我並不害怕，因為我從小就有心理準備，所有的醫生都說我活不過十六歲。只是我不願眼睜睜地看着我的生命空空地墮向死亡，也不願我的軀體帶着無為的遺憾永埋地下。所以，我想在自己生命結束之前做一些力所能及的事。要是這些小事能對活下來的人有些幫助，我就很開心了……所以，現在我沒甚麼可遺憾的。」

宇都真似乎已經看淡了生死，眉宇間流露出超然的神態，反倒令布布路他們心生敬佩。

宇都真察覺到氣氛有些沉重，趕緊轉移話題。「我生病的事，宇都家族一直對外保密，一定是最近在鹿丹城頗為有名的神醫亞克告訴你們的吧？神醫果然名不虛傳，只見了我一面，就看出了我的病症，只可惜他……」

說到亞克，宇都真

流露出遺憾的神情。

「不，亞克叔叔沒有殺人！」布布路忍不住脫口而出，「我們會找出真相，證明他的清白……哎喲！」

布布路的話以慘叫收尾，賽琳娜狠狠地拍了他一巴掌，示意他閉嘴。

宇都真顯然看出了布布路他們對自己有所隱瞞，但他再次報以寬和的微笑，沒有糾纏於這個話題，而是將目光落在沉默的龍葵身上。他友好地輕聲道：「你好，我叫宇都真，有關我的事情，想必你都知道了，可以告訴我你的名字和身世嗎？」

宇都真非常從容，龍葵卻顯得緊張不已，說話的聲音不自覺地微微顫抖：「你，你好，我叫龍葵。我是個孤兒，從小在童話鎮長大。」

聽到「童話鎮」三個字，宇都真清亮如水般的眼眸中，驀地閃過一道陰影……

如夢似幻的記憶

亞克和餃子三人察覺到了宇都真的異樣，他顯然對「童話鎮」三個字十分敏感。

只有布布路渾然不覺，他看了看宇都真，又看了看龍葵，指着宇都真的嘴角，心直口快地問：「宇都真，你和龍葵不是親兄弟嗎？你們倆可是連嘴角的痣都長得一模一樣呢！」

宇都真遲疑了片刻，搖頭道：「我可以肯定，我是家裏的獨

生子，絕沒有親兄弟。不過我小時候的確去過童話鎮⋯⋯」

　　那時宇都真五六歲，父母因為資助當地的教學，去了童話鎮。無聊的宇都真獨自一人玩耍時，不小心闖入了一個黑漆漆的房間裏，然後他看到了一個和自己長得一模一樣的小男孩，對方與他之間隔着一堵玻璃牆。一看到他，男孩就張開嘴拼命地朝他喊着甚麼，可惜宇都真用力分辨也聽不清男孩在說甚麼。

　　宇都真看到男孩的表情好像很痛苦，彷彿正承受着難以言喻的折磨。宇都真就像看着鏡子中的自己一般，對追過來的父母哀求道：「我們能把那孩子一起帶回家嗎？」

　　父母卻搖了搖頭，黑暗中他看不清他們的表情，但他很想去救那個小男孩，於是倔強地向那男孩衝了過去，然而有一個身影擋住了他，並嚴厲地警告：小男孩不能離開童話鎮，否則他就會死去⋯⋯

　　隨後，宇都真被人拉扯着離開了童話鎮，最後一次回首，宇都真看到小男孩哀求的眼神漸漸轉變成了絕望，他的眼珠充血泛紅，目光中流露出了明顯的恨意⋯⋯

　　「那男孩最後的目光讓我心如刀割，但我一直以為那只是我的夢境，直到昨天，我才得知世界上真的存在着一個跟我十分相似的少年。」宇都真鄭重地看向龍葵，「也許我腦中閃現的畫面並不是夢境，而是真實的記憶。龍葵，我，我們⋯⋯在

童話鎮見過嗎?」

「不,」龍葵立刻搖頭,否認道,「我雖然從小沒離開過童話鎮,但是直到離開之前,我想我在那兒的生活是幸福快樂的,從來沒被關進甚麼黑屋子。我一直和朋友住在一起,每天嬉笑打鬧着,童年似乎沒有過任何不開心的事,也沒做過甚麼噩夢。」

「不過……」龍葵認真地看着宇都真,又補充道,「雖然沒見過,但不知為甚麼,我總覺得對你有種莫名的親近感。」

宇都真連連點頭,激動地說:「我對你也有同樣的感覺,你能跟我講講有關童話鎮的事嗎?」

「嗯,童話鎮的確一直有死亡詛咒的傳言,說如果住在那裏的孩子擅自離開,就會失去生命……若不是亞克醫生救了我,我已經不在這個世界上了……」龍葵緩緩說出自己知道的童話鎮的情況和有關死亡詛咒的事。

宇都真認真地聆聽着,眉頭卻越皺越緊,輕聲道:「如果有那麼多人受到死亡詛咒的威脅,我們不能坐視不理,必須想想辦法才行!」

「打擾一下,少爺……」出去沏茶的管家走了進來,他一邊優雅地將茶端給布布路他們,一邊向宇都真稟告,「老爺和夫人過來了,他們好像有重要的事要跟您說。」

宇都真焦急地看向龍葵,抱歉地說:「龍葵,你可以躲起來嗎?最近城裏出了很多事,再加上我的病,父親和母親已經心力交瘁。如果他們現在看到你,不論是喜是憂,我都不想讓

他們在這個時候多操一份心。」

龍葵理解地點點頭，爬到床底躲了起來。

片刻後，一對雍容華貴的中年夫婦並肩走進來。

「老爺，夫人，」管家畢恭畢敬地指着布布路一行介紹道，「這幾位少年是摩爾本十字基地的怪物大師預備生，這次是來鹿丹城參加醫療救援的。之前少爺和他們有了一面之緣，今日他們特意來拜訪少爺⋯⋯」

「我代表鹿丹城的民眾謝謝各位的幫助！」宇都老爺感激地跟布布路他們一一握手，態度溫和親切。

「咳咳咳！」宇都真突然劇烈咳嗽起來，身體猶如秋風中在枝頭瑟瑟發抖的枯葉，最後竟咳出一大口鮮血。

「小真！」宇都夫人驚呼着撲上前，輕輕地拍着兒子的背。等到宇都真的咳嗽平復下來，她聲音哽咽卻語調堅決地說：「小真，原本我和你父親打算等鹿丹城內的疫情再穩定一些就帶你去童話鎮療養，那裏有能治癒你的方法。但現在看來，你必須馬上就出發！」

宇都真用手帕擦了擦嘴角，虛弱地笑道：「父親，母親，你們的心意我都知道了，現在鹿丹還很需要你們，你們先留在城內，由管家陪我去就可以了。」

「我們可以護送宇都真去。」布布路連忙自告奮勇地說。

宇都夫婦雖然不放心，但也放不下鹿丹城內的百姓，見四個怪物大師預備生願意陪伴宇都真前往，他們點頭同意了，又千叮嚀萬囑咐一番，才抹着眼淚離開房間。

龍葵從床底下爬出來，有些羨慕，又有些傷感地看着宇都真。

宇都真神情複雜地盯着龍葵，好一會兒，他彷彿下定決心般一字一頓地說：「龍葵，我想拜託你以我的身份前往童話鎮！」

「為甚麼？」布布路大吃一驚，「宇都真，你父母不是說童話鎮裏有可以治療你的方法嗎？」

「那恐怕只是我父母自欺欺人的想法吧，」宇都真苦笑着說，「童話鎮只是個學校，我小時候就去過，如果真的有甚麼方法能治癒我的病，我的父母絕不會等到今日。不如把這個機會讓給龍葵，若以我的身份前往，你們要展開行動會方便許多！若你們能挽救更多孩子的生命，我的亡靈在地下也一定會為之驕傲。」

亞克悲憫地看着宇都真，身為醫生，他很清楚宇都真的病的確是無藥可醫的⋯⋯

怪物大師配角大搜索

『怪物大師』的讀者來說，他們依舊是耳熟能詳的存在！

就算不曾擁有主角光環，就算出場次數屈指可數，可對於熟讀

NOW，配角大搜索全面展開！！！

MONSTER MASTER

布布路他們為完成任務而周遊列國，你還記得他們遇見過以下哪位領主嗎？

A. 梅林　　　　B. 萊特
C. 費奇諾　　　D. 諾亞森

答案在本頁底部，答對得 10 分，你答對了嗎？

■即時話題■

布布路：亞克叔叔，你是不是會傳說中的「易容術」啊？呃，我聽說，易容用一張人皮來改頭換面……也就是說，你臉上覆了一層真的人皮嗎？

亞克：你從哪裏聽來的恐怖坊間傳聞啊？易容只是一種化裝技巧，你可以想像用矽膠、石膏、畫筆等各種道具在臉上塑形，再搭配妝容、服飾和假髮來完成偽裝。

布布路：哦哦哦，原來如此，那之前是餃子說得太玄乎了！

餃子：布布路，我覺得你現在越來越會告狀了！

布布路：我沒有告狀啊，我只是說出了事實。

餃子：就是你這種自覺沒告狀的告狀才最可怕！

完成這個測試後，你可以判定自己參與的怪物大師配角大搜索行動是否成功。

測試答案就在第十九部的 241 頁，不要錯過喲！

絕望的聖城囚籠

MONSTER MASTER 19

新世界冒險奇談

第七站 STEP.07

初入童話鎮

MONSTER MASTER 19

生者的使命

噗噗噗……

甲殼蟲在沙漠中急速行駛，朝距離鹿丹城五十公里的童話鎮趕去。而管家則護送宇都真祕密入住東心齋，接下來的一段時間將由店主老爺爺照料他。

帝奇把副駕駛的座位讓給龍葵，自己騎着巴巴里金獅跟在甲殼蟲後。

由於鹿丹城門口也張貼着追捕亞克的通緝令，為方便出

行，亞克不得不繼續易容。這一回，他扮成宇都真的貼身管家，脊背挺直地端坐在餃子身旁。

餃子破天荒地沒有像往常一樣吐得死去活來，早上亞克給他扎了幾針後，餃子整個上午都奇跡般地充滿了精神。

跟神采奕奕的餃子形成鮮明對比的是坐在副駕駛位置上的龍葵，自從離開宇都家族的宅邸，他就沒說過一句話，一副心事重重的樣子。此時龍葵換上了宇都真的華服，頭髮也精心梳理過了，看起來儼然跟宇都真一模一樣。

「龍葵，你怎麼了？」布布路關切地問。

「宇都真……他在生命的最後階段違背了父母的意願來幫助我們，等同於將最後這一段時間的寶貴生命和名譽全都託付於我，這讓我覺得此行背負的東西更多了……我不知道自己能不能完成他的期望，也不知道自己能不能解救童話鎮的同伴們……」龍葵悶悶地回答。

賽琳娜騰出一隻手，拍了龍葵的肩膀一把，安慰道：「宇都真雖然身體虛弱，但卻是個內心堅強成熟的人，他說過希望在自己生命結束之前做一些能對活下來的人有幫助的事。所以，他一定是下定決心才做出這個選擇的。」

龍葵神情悵然地點點頭：「臨行前，宇都真悄悄對我說，他很慶幸能在這個時候結識一個跟自己長得一模一樣的人，希望等他死後，我能成為他父親和母親的慰藉……雖然認識沒多久，但是我已經把宇都真當成兄弟了，我真不希望他死去，難道就沒有辦法救他嗎？」

龍葵哽咽了。想到善良溫和的宇都真，布布路四人心中也充滿惋惜和難過，就連四不像也垂着頭，發出嗚嗚的聲音。

亞克輕歎道：「我行醫十幾年，見過無數的生老病死，每當到了訣別的時候，我說得最多的一句話就是『逝者已矣，生者如斯』。這絕不是一句安慰，而是一種使命。宇都真早已做好了死亡的準備，他放不下的，是他的父母和鹿丹城內的百姓。現在，他也希望童話鎮像你一樣的孩子能擺脫死亡的詛咒。所以，龍葵，宇都真一定是相信在他離開之後，你能代替他完成未竟的使命，才讓你代替他前往童話鎮的。」

「亞克叔叔，你說得太好了！」布布路聽得熱淚盈眶，鄭重地對龍葵點點頭，「龍葵，這不是一個人的重擔，我們會跟你一起承擔的！」

「我明白了，」龍葵的目光漸漸清明起來，若有所思地點點頭，「逝者已矣，生者如斯。宇都真能夠堅強而平靜地接受死亡，我也要勇敢地承擔起生者的使命，破解死亡詛咒，去解救更多的人！」

賽琳娜和帝奇在一旁用力點頭，亞克欣慰地舒展開眉頭。

「真是太感人了！」和諧的氣氛中，餃子用力一拍大腿，激動地對龍葵說，「既然要好好活着，咱們就抓緊時間辦正事吧！我說龍葵啊，你雖然穿了宇都真的衣服，怎麼全身上下少了一點貴氣呢？來來來，讓塔拉斯小王子教教你，怎樣才能更像一個貴公子！」

「嗯，我可不能穿幫！」龍葵振作起精神，認真地跟餃子學起了「貴族禮儀」……

恬靜的夢幻小鎮

一個小時後，布布路一行抵達了童話鎮。

眼前是一圈高大而厚實的深灰色圍牆，圍牆高得匪夷所思，將城內擋得嚴嚴實實。牆頭還佈滿密密麻麻的荊棘倒刺，牆外有一支衛隊在巡邏，更顯得壁壘森嚴。

「哼，這童話鎮真不像學校，更沒有童話氣息，反倒像座監獄！」帝奇瞇着眼睛，咋舌道。

回到熟悉的地方，看着大門外神情嚴峻的守衛，龍葵心中卻沒有絲毫親切感，反而心生畏懼。他用力地吞了吞口水，平復着自己如超速馬達般狂跳不已的心臟。

　　亞克安撫地拍拍龍葵的肩膀，信步上前對守衛說：「我們來自宇都家族，是護送宇都少爺來童話鎮療養的。」

　　在一陣粗糙的金屬摩擦聲中，厚重的鐵門緩緩打開。

　　一個中年女人端立在門內，她身着一襲素白的長袍，頭上垂着紗巾，露出白皙的高貴面龐，渾身上下散發出神祕而不可侵犯的氣息。

　　龍葵呼吸微微一滯，似乎對這個氣質出眾的中年女人有些敬畏。

中年女人卻對龍葵微微點頭，客氣地說：「宇都少爺您好，我是童話鎮的校長梅麗安。」

梅麗安校長表情淡然，對長得和龍葵一模一樣的宇都少爺沒有表現出絲毫意外，顯然早就知情。

「您，您好，」龍葵深吸一口氣，儘量模仿出宇都真的優雅和語氣，按照之前商量好的說辭，將布布路一行介紹給梅麗安，「這幾位是來自摩爾本十字基地的怪物大師預備生，他們來鹿丹城參加醫療救助，受到我父母的委託，專程護送我來童話鎮。」

「你們好，」梅麗安校長一一掃視四名預備生，舉止溫和地抬起手，禮貌地說，「各位貴賓請隨我來。」

在梅麗安校長的指引下，布布路一行進入了童話鎮。餃子三人細心地留意到，大門的上下左右四角各裝了一個蜂眼，監控設備堪比武器之國沙魯，只差了門口的可怕大鍘刀。（詳見《怪物大師・來自地底的至尊魔器》）

布布路一臉好奇地端詳着梅麗安校長，他總覺得有點眼熟，但是又想不起來在哪裏見過。

進入大門，大家的注意力頓時被四周的景色吸引了，和鎮外的森嚴截然不同，童話鎮內的景致非常怡人：整齊的地磚擦拭得一塵不染，一棟棟建築修建得精緻典雅，到處都點綴着鬱鬱葱葱的花草樹木，空氣中充滿植物的芬芳，耳畔不時傳來清脆悅耳的蟲鳴鳥啼。布布路他們徜徉在其中，不禁覺得神清氣爽，宛如步入童話世界。

　　路上不時會遇到一些和布布路他們同齡的少男少女，他們彬彬有禮地向梅麗安校長問好，每個人臉上都帶着溫和的笑容，到處都散發出溫暖祥和的氣氛。

　　「沒想到在茫茫的沙漠裏，會有一座這麼靜謐美好的小鎮。」賽琳娜心曠神怡地讚歎道。

　　「所以此處才被稱為『童話鎮』。在童話鎮的四周修建起高大的圍牆，正是為了抵禦沙塵的侵襲。城外的守衛是為了保護學校不被沙漠中的劫匪流寇襲擊，讓生活在這裏的孩子們能過上不受打擾的幸福生活。」梅麗安校長微笑着對「宇都真」說，「宇都少爺，您可以放心地在這裏養病，童話鎮是一個沒有紛爭和煩擾的地方，我相信不久之後，您的病一定會痊癒的。」

　　宇都真的病能夠被治癒？布布路一行驚訝地看向言之鑿鑿的梅麗安校長。

最新的醫學研究成果

　　「梅麗安校長，既然童話鎮是個學校，並非醫院，敢問您打算如何治療宇都少爺？」身為醫生的亞克對宇都真的病情最為了解，迫不及待地問，「據鄙人所知，藍星現有的醫學技術是無法治癒少爺所患的疾病的。」

　　「管家先生，醫學的發展是日新月異的，很多在過去被視為絕症的疾病，如今都被攻克了，童話鎮現在已經有了能夠治

癒宇都少爺疾病的方法。」梅麗安校長自信地說，「人體是由數以億計的細胞組成的，而每一個人體器官都是由一個細胞群匯聚而成，這些細胞群既進行着相對獨立的小循環，又相互交換和補給。舊的細胞不斷老去死亡，新的細胞隨之誕生成長，最終形成了一個龐大而複雜的人體代謝系統。正因如此，壞損的細胞才能及時被健康的新細胞取代，確保人體的正常運轉。

一般情況下，人體會在半年內更新身體百分之九十八的細胞。但是宇都少爺的細胞更新能力出了問題，導致器官不斷衰竭。治療宇都少爺的方法就是增強他的細胞更新能力，讓其恢復正常機能，這正是童話鎮醫療團隊的主要科研課題之一。」

「噢噢噢，好複雜啊！」布布路一頭霧水。

「這種醫療方法在理論上沒有問題，但實際上真的能實現嗎？」亞克皺眉問。

「當然不能保證百分百的成功率，但我們會盡力。」梅麗安淡淡地笑了笑，難掩自豪地說，「您可以對童話鎮的醫療實力放心，這所學校之所以數十年來能得到富商們的持續資助，與這裏的醫療課題研究不無關係。我們這裏會集了各個醫療學

科的頂級專家，比如龍澤醫生、里茲醫生、斯托爾醫生、奇摩醫生……之後你們會陸續見到他們的。」

聽到那些如雷貫耳的名字，亞克詫異極了，這些專家都與小小的童話鎮有關係嗎？尤其是在聽到奇摩的名字後，他的神情越發黯然，看來他對這位老朋友根本談不上了解……

餃子他們暗中交換了一個眼神，梅麗安校長既然提到奇摩醫生，那就代表奇摩遇害的消息應該還沒傳回童話鎮……

梅麗安校長的目光又落到「宇都真」身上，緩緩地說：「宇都少爺，其實您在十年前就來過童話鎮，雖然當時我們沒能完全治癒您，卻延緩了您的死亡，不然您恐怕在六歲那年就死去了。請您放心，這一次，所有的醫生會竭盡全力治癒您的。不過，這種高難度的治療需要制定周詳的方案，由於您比原計劃早來了三天，我們暫時還無法立即啟動治療方案。在這三天裏，還請您在鎮上好好靜養，我們會安排專家為您進行調理。三天後，我們將擬訂出具體的治療方案。」

「你們真的能治癒宇……我的病嗎？」龍葵確認般地再次問道，因為心中急切差點說漏了身份。畢竟如果真的能治癒宇都真，應該換真正的他立刻來童話鎮接受治療。

見龍葵差點露餡，餃子立刻明白了他的心思，急忙上前一步，不着痕跡地用力按住龍葵的肩膀，笑眯眯地說：「宇都少爺，您就安心地先在這裏調理三天吧，相信梅麗安校長和童話鎮的醫療專家，一定能盡全力治癒您的。」

餃子特意在三天這個詞上加重了語氣，龍葵聽懂了他的暗

示——還有三天的時間，只要抓緊調查，應該還有時間和宇都真換過來，將他接到這裏接受治療。現在他們最大的任務，是調查童話鎮的死亡詛咒和奇摩醫生的死因。

龍葵穩了穩心神，努力模仿着宇都真的氣度對着梅麗安校長微微點頭：「多謝你，梅麗安校長。」

一行人說話間進入了開滿鮮花的庭院，花架之下，一個中年男子腳步匆匆地跑過來，對梅麗安校長說：「校長，前幾天我呈給您的意見書，您考慮得怎麼樣了？我覺得沒必要一直上那樣的課……」

「好了！」沒等對方說完，梅麗安校長就嚴肅地打斷了他，「戴爾克導師，你的意見我會認真考慮，稍後再找你細談，現在我正在接待貴賓。」

戴爾克導師似乎還想說甚麼，但看了看陌生的布布路一行，悻悻地轉身離開了。

新世界冒險奇談
第八站 STEP.08
古怪的課堂教學
MONSTER MASTER 19

被監控的校園

　　打發走戴爾克導師之後，梅麗安校長將布布路他們帶到了貴賓區。

　　「這裏能滿足各位的一應所需，還有專人提供送餐服務，各位可在這裏度過接下來的三天。」分配好客房後，梅麗安校長起身準備告辭，「如果接下來沒甚麼事，我就先失陪了。」

　　「等等！」賽琳娜攔住梅麗安校長，試探着問，「梅麗安校長，宇都少爺對童話鎮很感興趣，待會兒想四處參觀一下可以

嗎?」

梅麗安校長面露遲疑地婉拒道:「宇都少爺,您的身體很虛弱,這幾天還是好好休息吧。」

「這是甚麼意思?」帝奇冷冷地看向梅麗安校長,她難道要對他們禁足嗎?

「適當散散步,對病人的身心是非常有益的,」餃子趕緊把帝奇撞開,笑眯眯地說,「再說了,童話鎮上又沒甚麼不可告人的祕密,我們只是想多看看美麗的風景,呼吸呼吸清新的空氣而已,應該無妨吧,梅麗安校長?」

餃子雖然擺出一副謙遜的姿態,話裏話外卻分明是在對梅麗安校長使激將法 —— 如果她不允許宇都真一行離開貴賓區,就代表童話鎮上有不可告人的祕密。

「當然無妨,」梅麗安校長被餃子噎得無言以對,尷尬地解釋道,「本來我想抽時間親自帶你們參觀校園的,但我接下來還有課。既然各位有興趣,請自便吧。」

說完,梅麗安校長轉身離開了。

布布路幹勁十足地問道:「我們接下來去哪兒……」

但他話音未落,帝奇突然把食指壓在嘴唇上,做了個噤聲的手勢。

隨即,他走到大廳裏那面與牆等高的落地鏡前,看似不經意地用食指滑過鏡面,又來回走了幾步,用指節叩了幾下,然後不動聲色地使了個眼色,示意大家跟他走。

大家在貴賓區裏繞了半天,最終,帝奇帶領大家進了公共

漱洗間，並停住了腳步。

「帝奇，怎麼了？」賽琳娜不解地問。

「鏡子有問題。」帝奇言簡意賅地回答。

「難道剛剛大廳裏的那面落地鏡是雙面鏡？」亞克恍然大悟，不禁驚訝於這個不起眼的矮個頭預備生觀察力之敏銳。

帝奇面無表情地點點頭，餃子伸手搭住帝奇的肩膀，對亞克吹噓道：「亞克叔叔，您有所不知，這位少年是賞金王雷頓家族的一員，任何疑點都逃不過他的眼睛。」

亞克又驚又喜地看向布布路：「小子，沒想到你的朋友裏臥虎藏龍啊，看來你在摩爾本十字基地過得很不錯呢！」

布布路不好意思地抓抓後腦勺，隨即問出一個讓亞克差點把剛才的誇獎全都收回去的白痴問題：「甚麼是雙面鏡？」

「雙面鏡顧名思義就是有兩個面的鏡子。從我們這邊來看，它是一面鏡子，但

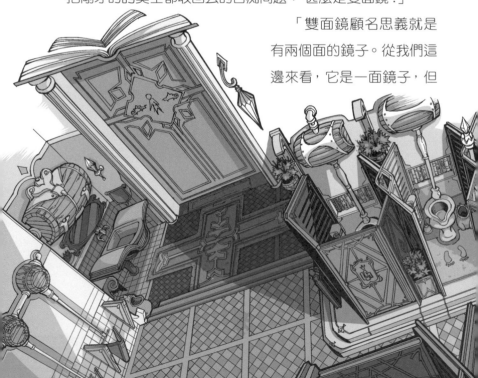

是從另一面來看，它卻是一塊玻璃，可以清楚地看到我們這邊的情況。」賽琳娜說明並總結道，「也就是說，我們在貴賓區裏的一舉一動，都處在被監視中。」

「甚麼？梅麗安校長在監視我們嗎？」龍葵緊張不已。

「我覺得被監視是好事，這說明對方心中有鬼，」餃子摸着下巴，狡黠地說，「我們抓緊時間展開調查吧，接下來就拜託你帶我們『參觀』童話鎮了，我們先去學生最多的地方看看吧！」

「我……」龍葵為難地搖搖頭，「平日裏學生們的學習場所和活動範圍是有限的，童話鎮的面積又非常大，很多地方我們都沒去過，比如我就從來沒有來過貴賓區……」

孤陋寡聞的同齡人

儘管從小生活在此的龍葵無法帶路，但有權有勢的宇都少

爺卻有辦法。

龍葵定了定神，裝出宇都真的樣子，客氣地向貴賓區守衛詢問，守衛也只能恭恭敬敬地回答，在他們的指引下，大家很順利地摸索到教學部。遠遠地，大家聽到樓內傳出整齊而莊嚴的歌聲。

來到這裏，龍葵就熟悉了，他將大門推開一道小縫，對大家介紹道：「這裏是大禮堂，學生們會在此上公共課。」

教學部大樓的內部被設計成一座空闊而華麗的禮堂，高高的穹頂雍容典雅，很是氣派。但如果仔細觀察，就會發現牆壁的四角都安置了菱形的雙面鏡，透過這些雙面鏡，可以一覽無餘地監視整座禮堂。

數百名身穿制服的學生整齊地站在禮堂裏，正虔誠地進行大合唱。一個中年男子站在高台上，滿臉陶醉地揮舞着手中的指揮棒。布布路他們認出，這個中年男人就是之前被梅麗安校長打發走的戴爾克導師。

忽然，戴爾克手中的指揮棒停了下來，直直指向大門的方向，禮堂裏的歌聲隨之戛然而止，所有學生都齊刷刷地轉頭看向「扒門縫」的布布路一行。

短暫的靜默後，戴爾克滿面笑容地高聲道：「同學們，讓我們歡迎遠道而來的客人！」

大門打開，禮堂內響起熱烈的掌聲，在學生們好奇的注視下，布布路一行趕鴨子上架般地上了台。

「我是戴爾克，是童話鎮的藝術導師。幾位貴客也向大家

做一下自我介紹吧。」戴爾克熱情地鼓勵着，指揮棒從布布路他們身上一一劃過，最後落在龍葵身上，「就從這一位開始吧！」

龍葵局促地走到話筒前，俯視着下面那些熟悉的臉孔，乾咳了一聲後，他挺直了脊樑，將聲音壓低八度，模仿着宇都真的音調說：「大家好，我是來自鹿丹城的宇都真。」

「哇，是城裏來的孩子！」學生們興奮地議論紛紛，全都伸長脖子打量着龍葵。

這時，人群中傳來一個熟悉的聲音：「你為甚麼長得那麼像龍葵？」

說話的是一個胖乎乎的少年，龍葵立刻認出了他 —— 是昆布！這讓龍葵一時之間不知做何反應。

布布路他們大驚失色，眾目睽睽的場合下，龍葵要是暴露身份就糟糕了！

但更為心急的無疑是龍葵自己，他緊握的手心冷汗直冒，情急之下，脫口而出般回答道：「不知道大家聽說過嗎？每個人在世界上都有七張相似的臉，也許這位同學所說的那個龍葵，就是和我很相似的人吧！」

「原來是這樣啊……」

「不愧是城裏的孩子，見識就是不一樣！」

同學們露出恍然大悟的表情。只有昆布半信半疑地還想再問話，卻被戴爾克導師阻止了。

「我也聽過類似的說法，世界如此之大，長相相似並不稀

奇。」說着，他對亞克做出邀請的姿勢，「接下來輪到這位貴賓。」

龍葵像得到解脫一般，逃也似的退到布布路他們身後，亞克走到話筒前，只謙遜地說了一句：「鄙人是宇都少爺的管家，勞煩各位和少爺好好相處。」

接下來由餃子代表四位預備生做自我介紹，他大步流星地

上前朗聲說：「大家好，我是來自摩爾本十字基地的怪物大師預備生，因為家母懷我時特別喜歡吃餃子，大家都叫我餃子。這位是我的伙伴布布路，大家別看他呆頭呆腦的，他背後的這口棺材可是重達一百公斤喲！還有，這是他的怪物四不像，雖然長得醜了點，但卻非常能吃，媽呀！」

　　四不像不客氣地一口咬在餃子的胳膊上，痛得餃子眼淚汪

汪，但他還是忍痛道：「我沒騙你們吧，四不像真的特別能吃。這位帥氣的美少女叫賽琳娜，那個鍋蓋頭的披風小子叫帝奇……哎喲，帝奇，你的飛鏢要留着射向敵人，不能再射向同伴了！好了，大家有甚麼好奇的，可以向我提問！」

台下的學生們被餃子逗得忍俊不禁，看向布布路四人和四不像的目光也充滿新奇，爭先恐後地舉手拋出很多問題：

「摩爾本十字基地是甚麼地方？」

「甚麼是怪物大師預備生？」

「怪物是不是都長得和四不像一樣？」

「外面的世界是甚麼樣的？」

布布路一行面面相覷，這些學生雖然從小生活在童話鎮，但他們難道對外面的世界一無所知嗎？他們竟然連怪物大師這種在藍星上無人不知、無人不曉的存在，都沒聽說過？

面對這麼多比布布路還要無知的「無知兒童」，餃子抓着話筒，舌綻蓮花般地開啟了「餃子導師的科普課」。

學生們全都聚集到台下，一個個聽得目瞪口呆，連大氣都不敢出，生怕錯過重要的細節。戴爾克則瞇着眼睛，一副樂在其中的樣子。

「你們在幹甚麼？現在是上課時間！」

就在這時，一聲厲斥從禮堂門口傳來，梅麗安校長的身影出現在禮堂門口。

所有學生齊齊收斂起笑容，迅速各歸各位，重新站成整齊的隊列。

校長的親自授課

「咳咳，戴爾克導師，請你繼續上課！」梅麗安校長的聲音不大，卻氣勢逼人，她皺眉看向布布路他們，「各位貴賓請跟我來。」

「各位貴賓，我希望你們不要再對學生們說外面的事了，」一走出禮堂，梅麗安校長就嚴肅地說，「你們這麼做，毫無疑問會引發學生們對外界的興趣，萬一他們因為不切實際的憧憬而跑出去，迷失在茫茫的沙漠中甚至丟掉性命，該怎麼辦？你們能負責嗎？請各位注意自己的身份，不要干涉和影響童話鎮的正常秩序！」

「可是……」布布路不甘心地還想爭辯，這樣對孩子們封鎖外界的消息，不就相當於將他們關進了籠子嗎？

然而梅麗安校長似乎不打算給他機會，不客氣地說：「我想你們今天已經參觀得差不多了吧？請你們儘快回貴賓區，宇都少爺需要休息。」

梅麗安校長不再理會布布路他們，徑自回到禮堂中。

她大步走上台，從戴爾克手中接過指揮棒，剛剛還冷若冰霜的臉上不知何時溫柔下來，慈祥地開口說道：「我知道大家對校外的生活充滿了向往，但大家可知外面的世界也充滿了罪惡。單是這沙漠中就常有劫匪流寇徘徊，城市中的人們更是有着高低貴賤之分，大部分人都沒有真正享受過自由，而是受少數權貴的壓迫而艱難求生。只有在我們這個圍牆內的小

小世界裏面，我們才能享受平等、單純的快樂。親愛的孩子們啊，我愛你們猶如我的子女，所以我必須教大家學會生存的法則……」

梅麗安校長說得動容，眼中閃爍着點點淚光，底下的孩子們也若有所悟地跟着點頭。

梅麗安校長滿意地看着禮堂裏的孩子們恢復了虔誠的表情，她深吸了一口氣，提高音量繼續說道：「下面由我來為大家上課，今天的主題是 —— 懺悔！大家都知道，我們的生命不比山石。人生之短暫，如流星之於夜空；生命之卑微，如塵埃之於蒼穹。在有限的光陰裏，我們沒有時間犯錯，更沒有時間去恨，我們活着的意義，就是不斷剝去身上的惡，讓愛和奉獻的能量充滿我們的身心！今天，就讓我們共同來懺悔我們曾經犯下的錯誤吧！」

在梅麗安校長的鼓勵下，一個滿臉雀斑的男孩率先走上台，他的雙手交握胸前，淚眼朦朧地說：「我要懺悔，昨天米克同學得到了梅麗安校長的誇獎，我竟然心生嫉妒。從我們來到這個世界開始，我們的生命就在進行着倒計時，我居然把時間浪費在嫉妒這種無用的情緒上。」

　　男孩懺悔般啪的一掌甩在自己的臉上，然後，他神情悲壯地走下台。更不可思議的一幕發生了，男孩每經過一個學生身旁，那個學生就不客氣地朝他臉上打一個耳光⋯⋯等他回到自己的位置時，臉頰已經高高地腫起來，神情卻是無比的自豪，旁邊的同學還給了他一個大大的擁抱。

　　隨後，一個胖墩墩的女孩上了台，用抑揚頓挫的音調說道：「在昨天的課上，我發誓要跟別人分享飯後甜點，但我卻沒能做到，在面對美味的點心時，我被自私和貪婪衝昏了頭腦，又獨吞了全部甜點，我感到深深的懺悔。」

　　接下來，胖女孩也重重打了自己一巴掌，並走下台——接受同學們的耳光。

　　台下很快排起長隊，同學們逐一上台，痛聲懺悔自己的「惡」。然而禮堂內的氣氛卻不是悲愴，而是亢奮的，懺悔完的同學全都熱淚盈眶，欣然接受着其他人讚許的目光，彷彿他們已經洗去罪惡，靈魂得到了昇華。

　　梅麗安校長全程表現出鼓勵和贊同，不時地為孩子們鼓掌：「孩子們，你們太棒了！」

　　最後，梅麗安校長再次站到台中央，充滿激情地總結道：「孩子們啊，人生就像一條奔流的河，總有一天會匯入海洋。每個人從出生開始，就注定要走向死亡。生命都是向死而生的，死也是生的一部分，所以我們不該畏懼死亡，而是應該把死亡當作另一個開始，就像花朵凋謝後可以化作泥土哺育植株，我們也應該在死後煥發新生，把自己的一切都無私地奉獻給世界，奉獻給他人！」

　　禮堂裏響起雷鳴般的掌聲，台下的孩子們目光炙熱地看着梅麗安校長，彷彿是她最虔誠的信徒。

　　而餃子他們沒有錯過另一個細節：在台邊旁觀的戴爾克臉上微微露出了厭惡的神情。

怪物大師配角大搜索

Q04 你還記得賽琳娜那個「不成器」的富豪爸爸叫甚麼名字嗎?

A. 托勒　　　　B. 雷納德

C. 奴扎克　　　D. 阿方索

答案在本頁底部,答對得 10 分,你答對了嗎?

■即時話題■

布布路: 帝奇,你只是用手指一劃一摸就發現了貴賓區裏面的鏡子都是雙面鏡,這到底是怎麼一回事啊?

帝奇: 其實鑒定雙面鏡有幾個要點:第一,一般鏡子都是掛在牆上或櫃子上,而這種雙面鏡後面通常是空的,通過敲擊鏡面,聽回音就能判定出來。第二,製造黑暗的空間,用光石抵着鏡子,或眼貼鏡子,雙手擋光,也可以看出雙面鏡後面是空的。第三,若是隨身攜帶小鏡子,可將小鏡子貼到雙面鏡上,對比出來的畫面亮度,雙面鏡的亮度絕對是低於小鏡子的!

布布路: 我好像學會了方法,又好像不太懂原理。

餃子: 哈哈哈,布布路你這就叫「一知半解」。

帝奇: 狐狸面具,你是不是想被打臉?

餃子: 帝奇,你是看我這張如花似玉的臉不開心嗎?為甚麼想要對我動手?

帝奇(翻白眼): 我這是入鄉隨俗,畢竟你「嘲笑」了那個笨蛋,很需要「懺悔」一下不是嗎?!

餃子: 決不!童話鎮的教育絕對是反人類,如果像他們因為一點真實的小情緒就要「懺悔」,估計我們每個人都要被打臉打成豬頭了!

賽琳娜: 餃子這點說得沒錯,童話鎮太詭異了。接下來,我們一定要小心行事!

完成這個測試後,你可以判定自己參與的怪物大師配角大搜索行動是否成功了。

就算不曾擁有主角光環,就算出場次數屈指可數,可對於熟讀『怪物大師』的讀者來說,他們依舊是耳熟能詳的存在!

MONSTER MASTER · LOVE DREAMS ·

新世界冒險奇談

第九站 STEP.09

戴爾克導師的線索

MONSTER MASTER 19

不存在的醫療所

「視人如己，從善如流！剔除罪惡，不畏死亡！將最純淨的自己奉獻給世界，奉獻給他人！」學生們熱烈而整齊地呼喊着，每個人都熱淚盈眶，激情澎湃。

「布魯布魯！」禮堂裏詭異的氣氛讓四不像捂着耳朵，難以忍受地鑽回棺材裏。

龍葵原本是隊伍中的一員，在校外生活了一段時間以後，此刻再看到這熟悉的懺悔課，也有種說不出來的彆扭，卻又說

不出具體哪裏不對勁。

「這……我雖然覺得梅麗安校長說得並沒錯，但是，是不是太嚴厲了一點？」連一向最容易被情緒感染的布布路都察覺出問題了。

「的確很不正常，」賽琳娜皺着眉頭，輕聲道，「在我看來，學生們犯的那些『錯誤』，不過是孩子的天性而已，而在這裏，『天性』竟被放大成『惡』。按照這個標準，我們豈不都是罪大惡極的人了？」

餃子托着下巴，若有所思地沉吟道：「童話鎮的教育方式大有問題啊，他們表面上是在宣揚愛與奉獻的精神，根除傲慢、嫉妒、暴怒、懶惰、貪婪等惡行，實際上卻是在抹殺孩子的天性，剝奪他們自由成長的權利。難道童話鎮想要培養出一群滿腦子『愛和奉獻』，卻對外面的世界一無所知的傻瓜嗎？」

「我認為這應該是一種心理控制的手段，學生們被抹去『個性』，又對外面的世界一無所知，再加上死亡詛咒的存在……」亞克眼中充滿擔憂，「梅麗安校長想通過這些方式將學生們牢牢地禁錮在童話鎮裏。」

「沒錯，我們無法適應外面的世界，即使逃出去也無法生存下來。之前我逃到鹿丹城也以為店鋪裏的食物可以自由享用，隨便就拿起來裝在了包袱裏，結果被當成小偷遭到謾罵追打……」龍葵一邊努力消化着亞克他們的對話，一邊回想這段時間的校外生活，似乎終於明白了甚麼。

「可是，」龍葵想着，又不解地問道，「養育這麼多學生非

常不容易，梅麗安校長為甚麼要費這麼大力氣，把我們禁錮在這裏呢？」

「我想那個人也許能告訴我們一些線索。」帝奇不動聲色地朝一個方向使了個眼色。只見呼聲熱烈的禮堂裏，一個人黯然走了出去——正是戴爾克導師。

大家恍然想起，之前戴爾克曾找梅麗安校長建議要取消甚麼課，現在想來，他指的很有可能就是這種「愛和奉獻」的教育課，從他的反應來看，戴爾克顯然也認為這種課對學生們的精神發展沒有好處。

眾人意見一致，決定向戴爾克導師打探一下情況。

「戴爾克導師！」亞克滿臉堆笑地迎上去。

戴爾克深深低着頭，聽到有人叫他，臉上強擠出一絲笑容，禮貌地詢問：「幾位貴賓有甚麼需要我幫忙的嗎？」

「戴爾克導師，您好像對禮堂裏的課不是很贊同？」餃子旁敲側擊地問。

戴爾克緊張得連連搖頭：「這是梅麗安校長親自講授的課，我怎麼會不贊同？」

「難道您不覺得這種課對學生們的身心發展沒有好處嗎？」餃子繼續盤問。

「我……我怎麼敢質疑梅麗安校長的決定？」戴爾克目光閃爍，訕笑着說。

餃子笑了笑，又朝戴爾克靠近了兩步，壓低音量問道：「戴爾克導師，您知道有關死亡詛咒的事嗎？」

戴爾克錯愕地看着餃子，賽琳娜他們則同情地看着戴爾克，餃子這種步步緊逼又完全不按套路出牌的問話方式，着實令人招架不住。

「你……你們怎麼會對這個感興趣？」戴爾克猶豫了片刻，又謹慎地觀察了一圈周圍，確定四周沒有其他人後，才壓低聲音說，「這是童話鎮的機密，我不方便多說甚麼，如果你們想知道，我只能給你們一個提示 ── 三天前，有一個學生被隔離在0號醫療所，也許你們能從他身上找到答案。」彷彿畏懼餃子繼續刨根問底，戴爾克說完就匆匆離開了。

0號醫療所是甚麼地方？大伙兒看向龍葵。

龍葵一臉茫然地搖搖頭：「童話鎮的醫療所編號是從1到9的，我從沒聽說過0號醫療所！」

「看來我們先要打探一下0號醫療所的位置了。」亞克輕聲道。

這時，禮堂的大門打開了，學生們排成兩列整齊的隊伍從禮堂裏走出來，整齊的腳步聲就像訓練有素的軍人。

原來是到了午餐時間，學生們要去食堂用餐。人多的地方信息也多，布布路他們隨着人流朝食堂走去。

所有人都離開後，禮堂門口的花圃中突然閃過一團詭異的紅色，那紅色在花圃中蠕動、翻湧了片刻，又漸漸消失不見了……

小胖子昆布

食堂裏瀰漫着食物的香味，數百名學生排成整齊的隊伍領取食物，所有餐盤和餐桌都擦拭得一塵不染，工作人員都戴着潔白的口罩和消毒手套，偌大的食堂裏秩序井然。

亞克站在「今日菜譜」的牌子下，連連咋舌地讚歎：「這菜譜上的菜色搭配十分講究，不僅葷素相宜，各種營養的配比也極其精確，簡直比專業的療養院還講究。」

「這麼厲害，真不愧是養病的好地方！」布布路拖着口水搭話，誰知話音未落，就聽「布魯」一聲怪叫，聞到香味的四不像從棺材裏蹦出來，一臉亢奮地撲向領取食物的窗口。

窗口後的大廚把一個盛滿食物的托盤遞向隊伍最前面的女孩，女孩正要接，卻見一道鏽紅色的身影閃過，四不像搶在她前面抓住托盤，啊嗚一口把盤子裏的肉全吞了。

「對不起！」布布路尷尬地衝女孩道歉。

「它餓了吧？讓它先吃吧，你千萬不要怪它喲。」女孩毫不生氣，一臉體諒地安撫布布路。

排在後面的幾名學生也連連點頭，露出春風般和煦的笑容，每個孩子都是那麼通情達理，一場風波還未開始就已經化解於無形。

幾分鐘後，大家捧着盛滿食物的托盤坐下來，一開始，聽着布布路和四不像搶奪食物的噪聲，亞克和龍葵十分驚訝，但看到餃子三人一臉平靜的樣子，兩人也不得不接受了這樣的就

餐環境。

大家正品嚐着營養午餐，一個胖乎乎的身影出現在桌邊，是之前在禮堂裏質疑龍葵的小胖子——昆布。

昆布目不轉睛地盯着龍葵，咄咄逼人地問：「你真的不是龍葵嗎？我和他認識很多年了，對他非常熟悉，他在撒謊時會摸自己的耳垂，害怕時會咬嘴唇，吃麵條時一定要用筷子把麵捲起來，隨餐附送的藍莓布丁他一定會留到最後吃……」

昆布的眼中迸出奇異的光彩，臉越湊越近。「你不是宇都真，你就是龍葵對不對？」

「對不起，你……你認錯人了。」龍葵反射性地抬起手要去摸耳朵，但一想到昆布的話，又僵硬地把手放回餐桌上。

龍葵的回應讓昆布的目光黯淡下來，他眼中噙着點點淚光，有些哽咽地說：「我知道這一切只是我的臆想，童話鎮裏失蹤的學生沒一個能回來，可我不明白，我明明是龍葵最好的朋友，我們兩個之間從來都沒有祕密，為甚麼他會突然不告而別？」

昆布的話令布布路四人十分感動，原來昆布是龍葵最好的朋友，他一定非常思念龍葵！

龍葵低着頭，瘦弱的肩膀劇烈地顫抖着，似乎也被深深觸動了。

布布路他們緊張地看着龍葵，如果他此時哭起來，身份就要暴露了！

餃子正要開口幫龍葵解圍，卻聽砰的一聲響，龍葵重重一拍桌子，猛地站起來，粗魯地一把拽起昆布的衣領，將他拉到

一處偏僻的角落裏。

　　布布路他們快步跟過去，龍葵滿臉怒容，咬牙切齒瞪着一臉莫名其妙的昆布，低吼道：「誰是你最好的朋友？誰和你之間沒有祕密？明明每天都是你在找碴兒！我的確每次都把藍莓布丁留到最後，但我根本沒吃到過幾次，因為都被你搶走了……」

　　昆布的出現讓龍葵積壓的情緒陡然爆發了出來，事情的發展大大出乎布布路他們的預料。

急性蕁麻疹

　　「這就是那個總搶我

東西吃的傢伙！」發完脾氣，龍葵放開昆布，有些悵惘地對布布路他們說，「不過我沒想到，這裏還有人記得我，還敢當眾提出質疑。對於失蹤的學生，梅麗安校長和導師們都諱莫如深，從來沒人敢開口詢問他們的下落。也許我還要感謝昆布，那天晚上要不是他搶走我的晚餐，我可能就在睡夢中不知道被帶去哪裏了。」

昆布一把捧起龍葵的臉，難以置信地驚呼道：「你……你真的是龍……」

餃子眼明手快地捂住昆布的嘴巴，用手勢示意他壓低聲音。

昆布點了點頭，餃子才放開他。昆布上下打量着龍葵，激動地說：「龍葵，這些天我擔心死了，沒想到還能再見到你，你怎麼會突然失蹤，又突然回來了？還變成了城裏的

少爺？這到底是怎麼回事啊？」

　　見龍葵不作聲，昆布有點傷心地說：「龍葵，你真的那麼討厭我嗎？一直以來，我都把你當成最好的朋友啊，我是看你性格太腼腆了，想多跟你親近，才故意每次都搶你的東西吃、跟你搭話的。而且我知道你是特意把藍莓布丁留給我的，因為那是我最喜歡吃的甜點⋯⋯」

　　「好了，你不要再說這些肉麻的話了，」龍葵不好意思地扭頭對布布路他們說，「昆布的確是我在童話鎮最好的朋友，我覺得我們可以相信他。」

　　得到布布路他們的認同後，龍葵便將自己如何被人從寢室中帶走，又如何逃出童話鎮，以及遇上布布路他們和宇都真的經歷，全都一五一十地告訴了昆布。

　　昆布的表情隨着龍葵的講述而陰晴變幻，聽到後來更是

嘖嘖稱奇，他滿眼憧憬地對龍葵說：「真想去外面看看啊！」

「只要我們能調查出死亡詛咒的真相，你就可以離開童話鎮，親眼去看看外面的世界了。」龍葵拍拍昆布的肩膀，不自覺地壓低音量，輕聲問道，「昆布，你聽說過0號醫療所嗎？」

「0號醫療所？」昆布露出困惑又迷離的表情，口中喃喃自語道，「0號……0號……我好像對這個地方有印象，在9號醫療所裏，有一條地下暗道，穿過暗道就能進入0號醫療所，裏面有好多繭子……呃！」

話沒說完，昆布突然眉頭緊鎖，發出痛苦的呻吟，雙手抱着頭蜷縮成一團。

「昆布，你怎麼了？」龍葵緊張地看着他。

「好熱，頭好痛！」昆布虛弱地哼唧道，「全身好像被針扎一樣疼，關於0號醫療所的事⋯⋯糟糕，我甚麼都想不起來了⋯⋯」

亞克上前給昆布做了一番檢查，急聲道：「快去拿一杯綠茶來！」

雖然不明所以，但布布路還是趕忙去找食堂的工作人員要來一杯綠茶。

喝下綠茶後，昆布的神色漸漸恢復了正常。

亞克這才鬆了口氣，解釋道：「剛才昆布因為情緒激動，增熱的血流刺激到大腦內的體溫調節中樞，膽鹼能性神經釋放出大量乙酰膽鹼，如果對這種化學物質過敏，就會出現過敏反應，突發膽鹼能性蕁麻疹。而綠茶中含鹼，剛好能緩解這種症狀。」

昆布深呼吸幾下，心有餘悸地說：「好奇怪，我對0號醫療所有着模糊的記憶，但我應該沒有去過那裏⋯⋯」

這是怎麼回事？布布路他們面面相覷。

「也許昆布是在膽鹼能性蕁麻疹發作的時候，去過0號醫療所接受治療，所以才會導致記憶模糊不清。」亞克不放心地叮囑昆布，「昆布，以後你要加強鍛煉，才能逐步改善這種過敏體質，記住了嗎？」

昆布感激地用力點了點頭。

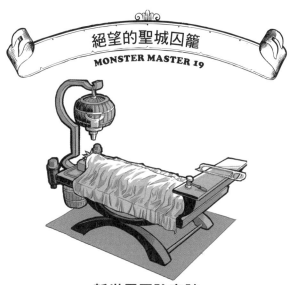

絕望的聖城囚籠

MONSTER MASTER 19

新世界冒險奇談
第十站 STEP.10

0號醫療所
MONSTER MASTER 19

先進的醫療和盈利模式

　　昆布的面色恢復了紅潤，激動地拉住龍葵的手，對布布路他們說：「讓我也加入你們吧。我也想破解死亡詛咒，走出童話鎮，去外面的世界看看！」

　　昆布應該曾經去過0號醫療所，說不定能提供一些線索，布布路他們接受了昆布的請求，並迅速制定出接下來的行動方案。

　　大家剛走出食堂，就看見一個熟悉的身影朝他們走來，是

梅麗安校長，她的臉色不太好看，嘴唇緊緊地抿成一條直線。

「各位貴賓，總算找到你們了，看來你們享用過午餐了，」她上一句還算客氣，下一句就是命令的口吻了，「我想你們該回貴賓區了。」

龍葵的身體下意識地向後縮了一下，正有些不知所措，卻聽亞克彬彬有禮地說：「梅麗安校長，對於三天後的治療，少爺感覺非常害怕，所以我們希望請這裏的學生帶我們參觀一下校內的醫療所，增強少爺對治療的信心。」

梅麗安校長一臉不悅地說：「既然是為了宇都少爺的健康着想，我不便阻攔，還請各位早去早回。」說着，她冷冷地看了昆布一眼，扭頭離開了。

昆布縮了縮脖子，對布布路他們說：「大家跟我來。」

在昆布的帶領下，布布路一行來到童話鎮的醫療所。那是九棟連在一起的白色小樓，樓前的門牌上依次標注着從1到9的數字，沿途的花壇中種植着清香撲鼻的茂密植物。

小樓群並沒有門衛把守，但四壁也都安裝了雙面鏡，任何人在醫療所裏的一舉一動，都處於嚴密的監視下。

布布路一行裝作充滿好奇的樣子，從1號醫療所開始參觀。每走進一棟醫療所，都有專業的醫護人員主動迎上來，全程陪同並為布布路他們進行講解。

雖然行動自由大大受到限制，但布布路他們卻充分了解了全部醫療所的功能：每一棟醫療所都主攻一項人類重大疾病，有內臟、大腦、呼吸、消化、骨骼、皮膚、腫瘤、傳染、血

液⋯⋯與科研和治療相關的所有器械和藥劑一應俱全，還有很多連亞克都嘖嘖稱奇的先進醫療設備。在裏面工作的醫生們也全都是來自藍星各地的醫療高手。

亞克興致勃勃地跟負責引路的醫生交流，他們口中蹦出的各種深奧術語，驚得布布路他們連嘴巴都快合不上了。

餃子好不容易才插上一句話，「虛心」地請教道：「請問，童話鎮不是一座孤兒學校嗎？怎麼會有這麼先進的醫療條件？」

「這正是梅麗安校長的高明之處，」醫生自豪地解釋道，「童話鎮通過領先的醫療能力，為大量富商和政客的孩子提供療養和治療服務，以此換取他們的資助。而技術高超的醫生也往往容易互相吸引，願意共同研究難以攻克的醫療課題。正是靠著這樣的盈利模式，童話鎮才能為那麼多孤兒提供幸福的生活。」

原來如此，看來宇都家族就屬於資助者中的一員，布布路他們恍然大悟。倒是龍葵一臉難以理解，他發現自己對於生長的地方真可謂一無所知。

不知不覺中，大家進入了9號醫療所，一名醫生十分專業地介紹道：「我是9號醫療所的負責人，9號醫療所是專門研究血液疾病的，血液病是造血系統的疾病⋯⋯」

醫生還沒說完，龍葵突然臉色一白，撲通一聲摔倒在地，氣息全無⋯⋯

聲東擊西的臨時表演

　　亞克緊張地蹲在龍葵身旁，手指微顫地探了探龍葵的頸動脈後，驚聲道：「不好了，少爺沒有脈搏了！心臟也停止跳動了！」

　　布布路他們也驚慌失措地大叫起來：

　　「救命啊！」

　　「宇都少爺暈倒了！」

　　「快來人啊！」

一群身穿白色制服的醫生蜂擁過來，想對「宇都少爺」進行急救，整個9號醫療所亂成一鍋粥，所有人的目光都集中在昏迷不醒的龍葵身上。

混亂中，賽琳娜悄悄給布布路三人和昆布打了個手勢，五人悄無聲息地一步步向後退，當退到一處雙面鏡監視的盲區時，帝奇抬了一下手，示意安全了。

大家稍稍鬆了一口氣，昆布擔憂地問：「龍葵不會有事吧？」

「放心，亞克叔叔一定會救醒龍葵的。」布布路信心十足地說。

　　原來，剛剛的那場混亂其實是大家在食堂時就計劃好的，由亞克提供理論知識，進入9號醫療所後，賽琳娜讓潛伏在衣服裏的水精靈對龍葵的心臟部位進行緊急冰凍，造成龍葵的假死狀態。這個方法雖然冒險，但只要及時救治，龍葵就不會有生命危險。

　　「這是龍葵好不容易為我們爭取的機會，通往0號醫療所的暗道在哪裏？」餃子急切地問昆布。

　　「應該離這裏不遠了，大家跟我來。」昆布小心翼翼地朝一條走廊走去。

　　幸運的是，這條走廊內十分安靜，四周也沒有雙面鏡，大家很順利地進入位於走廊盡頭的房間。

　　這是一間放置醫療器械的倉庫，一排排高大的貨架頂到天花板，上面擺滿大大小小的器械和藥材，光線十分昏暗。昆布苦惱地抓抓後腦勺，不好意思地說：「我只記得暗道就在這間倉庫裏，其他的就記不得了……」

　　大伙兒只能分頭在倉庫中搜索起來，很快，餃子在一塊地板上發現了幾道劃痕。

　　「這劃痕很新，應該是剛剛蹭出來的，從劃痕的角度和力道來看，應該是拖拽貨架形成的，」餃子指向不遠處的一個貨架，「你們看，這個貨架的四腳上都有新鮮的木屑。」

　　顯然剛剛有人移動了這個貨架的位置。

　　「我來！」布布路捲起衣袖，一下就把裝滿笨重器械的貨架推回原位，力大驚人的表現將昆布震撼得目瞪口呆。

　　然而當看清貨架後的情形時，大家心裏都咯噔一下 ── 露出的牆壁上居然鑲嵌着一面雙面鏡，他們就這麼猝不及防地暴露在監控範圍內了！

　　估計用不了多久，梅麗安校長就會黑着臉出現在倉庫門口，把布布路他們抓個現行。

　　嗒嗒嗒……

　　雙面鏡後面傳出一陣急促遠去的腳步聲。布布路他們狐疑地對視一眼，聽起來，那個躲在鏡子後面的監視者彷彿比他們還要慌張。

　　帝奇掏出一把扁平的匕首，刺入雙面鏡與牆壁間的縫隙中，用力一撬，就聽吱呀一聲，雙面鏡像拉門一樣向一側滑開了。

　　鏡子後面是一條向地下延伸的樓梯，樓梯深處黑黢黢一片，甚麼也看不清。

　　但在樓梯的入口處，赫然貼着一個標有數字「0」的標籤，布布路他們面露驚喜 ── 找到0號醫療所了！

南星學長和松蒿學長

　　借助光石的照明，布布路一行走下樓梯。

　　「嚇！好冷啊！」一下到樓梯盡頭，布布路就止不住縮了縮肩膀。溫度驟然下降許多，大家呼出的氣流都變成了白濛濛的水霧。

賽琳娜小心翼翼地用光石朝前照了照，頓時驚恐得倒退數步。

空曠的地下室裏，整齊地排列着一張張冒着寒氣的鐵床，每一張床上都鋪着慘白的床單。在其中的兩張床上，白色的布單駭然隆起成人體的形狀 —— 那下面躺着兩個人，而且是兩個一動不動的人……

「那……那是屍體嗎？」餃子只覺一股寒氣襲上心頭，身上雞皮疙瘩直冒，「這裏真是醫療所嗎？我看分明是停屍間！」

昆布也被餃子說得寒毛倒豎，瑟縮着往後退了退。

唯有布布路神色如常，毫不在意地走到一張床前，揚手把蓋在一具屍體上的白布掀開，隨後還彎腰湊向那具屍體，像是跟對方打招呼一樣。

昆布驚訝地捂住嘴巴，賽琳娜甘拜下風地解釋道：「昆布，你別介意，布布路是在墓地裏長大的，從小就跟屍體打交道。」

　　聽完賽琳娜的話，昆布看向布布路的目光中多了幾許敬畏。

　　布布路納悶地皺皺眉，隨即又掀開另一張床上的白布，然後對着大伙兒招招手：「大家快來看！」

　　餃子他們上去一看，不禁也愣住了。

　　床上躺着的並不是屍體，而是兩個有呼吸的活人，只是二人都雙眼緊閉，好像陷入昏睡之中。躺在左邊床上的少年看起來很正常，躺在右邊床上的人卻令人不敢直視。那人就像是枯萎的花朵般，全身的皮膚一層層地皺在一起，身體乾瘤得厲害，就像是在骨架上包了一層皮，半張的嘴巴裏隱約露出幾顆

幾乎鬆脫的牙齒，看起來猶如一具脫水的木乃伊。

「咦，這不是南星學長嗎？」昆布驚訝地指着左邊床上昏睡的少年，又看了看右邊如皮包骨頭一般的昏睡者，語氣遲疑地說，「這個人也好眼熟啊，好像在哪裏見過……哎呀！」

當看到那人脖頸上的三角形胎記時，昆布難以置信地對布布路他們說：「我想起來了，他是南星學長的好友松蒿學長，他們應該比我和龍葵大兩歲！」

甚麼？這個枯槁蒼老的人是個不滿十八歲的少年？四個預備生大吃一驚。

「算起來，我好像有三天沒見過松蒿學長了，至於南星學長，我今早還見過他。」昆布認真地回憶道。

「從時間上看，松蒿應該就是戴爾克導師口中那個被隔離的少年，」餃子若有所思地沉吟道，「難道發生在松蒿身上的變化，就是死亡詛咒的真相？所有離奇失蹤的學生都會變成松蒿這樣嗎？」

就在布布路他們困惑不安的時候，帝奇突然一抬手，右掌如利刃般朝昏睡的南星落下，眼看帝奇的掌刃就要劈中南星的咽喉，一動不動的南星嚕地從床上彈起，躲開了。

「你要幹甚麼？」南星又驚又氣地朝帝奇吼道。

帝奇收回手，面無表情地說：「我勸你下次要裝睡的話，眼珠就不要在眼皮下轉來轉去。」

原來南星一直在裝睡！

『怪物大師』的讀者來說，他們依舊是耳熟能詳的存在！

就算不曾擁有主角光環，就算出場次數屈指可數，可對於熟讀

怪物大師配角大搜索

Q05 藍星每四年舉行一次至尊美食節，你還記得之前曾經拜託布布路他們去找彩虹草的至尊廚師團團長是誰嗎？

A. 賽博　　B. 雲吞　　C. 薩蘭　　D. 愛克斯

答案在本頁底部，答對得 **10** 分，你答對了嗎？

■即時話題■

賽琳娜：你們有沒有發現，童話鎮裏的孩子身形都很勻稱啊！我好羨慕他們，到底要怎麼做才能減掉我肚子上的那一斤肉肉啊？！

布布路：大姐頭，你確定自己肚子上的肉是一斤，而不是三斤嗎？

賽琳娜：閉嘴！我說一斤就是一斤！

亞克：如果你改變飲食習慣，不吃麻辣火鍋、麻辣小龍蝦和麻辣烤魚等重口味食物，並少吃甜食，每日三餐時，菜色營養配比均衡，外加體育鍛煉，是可以變得像他們一樣的。

賽琳娜：我覺得我可以做到！

餃子：大姐頭，你的「可以做到」都是一時的，你之前就是減肥一個星期後大吃一頓，體重馬上又回來了。你還是別惦記着肚子上的那點肉了，等咱們回十字基地就去吃炭烤藍色香鍋！

昆布：天哪，你們好殘忍！兔兔那麼可愛，怎麼可以吃兔兔？記得帶上我一起！

賽琳娜：昆布你好像是童話鎮裏唯一的胖小孩呢！胖子沒權利吃重口味食物，餃子你們也是！

布布路：嗚嗚嗚，大姐頭好霸道啊！這是「我不吃，你們也別想吃」的模式嗎？！

完成這個測試後，你可以判定自己參與的怪物大師配角大搜索行動是否成功了。

測試答案就在第十九部的 241 頁，不要錯過喲！

新世界冒險奇談

第十一站 STEP.11

敗露的惡意
MONSTER MASTER 19

交換情報

　　0號醫療所內，南星陡然睜開眼睛，坐了起來，仔細打量着布布路他們。

　　「我叫南星，剛剛昆布已經說過了，而你們剛才說的話我也都聽見了。」片刻之後，南星眼中閃過一抹精光，氣定神閒地建議道，「雖然我們素不相識，但我們都是偷溜進來的，相信我們的目的並不衝突，甚至是可以合作的。我們與其在這裏互相猜忌，不如交流一下各自掌握的情報，將信息互補，你們覺

得如何？」

　　餃子三人暗暗交換眼神，這個叫南星的少年頭腦很靈活，能在這麼短的時間內判斷出雙方的利害關係，並提出有效的解決方案，說不定可以合作。

　　餃子清了清嗓子，語帶保留地說：「我們的目的是想解開流傳於童話鎮的死亡詛咒，根據一位線人提供的線索，三天前有一個少年被隔離在０號醫療所，我們可以在他身上找到答案。」

　　「我知道你們不敢完全信任我，但也無妨，我也不是那種打破砂鍋問到底的人。」南星挑了挑眉，壓低音量道，「我想你們所說的少年應該就是我的朋友 —— 松蒿，三天前課間休息的時候，他突然毫無徵兆地昏倒了。守衛叫來醫生，醫生給松蒿做檢查時，發現他掌心的皮膚出現褶皺萎縮的症狀，當時醫生露出古怪的表情，口中卻說沒關係，說松蒿只是感冒發燒，吃點藥就能恢復……可第二天，松蒿就失蹤了！我不相信松蒿會逃離童話鎮，因為他虛弱得連下床都困難，談何逃離？更何況他和我無話不談，如果他要逃離，一定會告訴我的，所以我猜想松蒿一定是出事了！」

　　「我不敢聲張，只能悄悄地四處探察，無意間，我在校長室外偷聽到梅麗安校長和一個神祕男人的對話，那男人的聲音和語氣十分陌生，我敢肯定他並不是童話鎮裏的人。從他們的對話裏，我得知松蒿得了枯槁病，現在被隔離在０號醫療所。我很擔心松蒿，於是仔細研究了童話鎮的地圖，並暗自探訪了

1到9號醫療所，最後在9號醫療所的倉庫裏，我聽到微弱而重複的敲擊聲，三短三長三短，那是我和松蒿私下裏約定過的求救信號！」

「敲擊聲的源頭似乎就在落地鏡後面，我用隨身攜帶的工具打開落地鏡，看到松蒿奄奄一息地躺在鏡子後，似乎是拼盡全身力氣才爬上暗道的樓梯，並通過那面奇怪的鏡子向外發出求救信號的，然而他甚麼都沒能告訴我，只看了我一眼就昏過去了。我本打算帶松蒿離開這裏，沒想到你們幾個突然進入倉庫，情急之下，我只好把松蒿搬回來，躺在床上想要蒙混過去⋯⋯」

「枯槁……病？」布布路駭然地看着形如乾屍的松蒿，不敢相信世間竟然有這種詭異的病症。餃子三人也是一臉困惑，他們誰也沒聽說過這種病，心想一會兒要好好向亞克叔叔請教一下。

昆布在一旁更是臉色慘白，汗流個不停，憂心忡忡地問：「死亡詛咒就是指這種枯槁病嗎？我……我和其他同學也會患上這種可怕的病嗎？」

「松蒿從來沒離開過童話鎮，卻發病了，可見『離開童話鎮就會受到死亡詛咒』的說法不過是子虛烏有。」南星立刻否認道。

布布路四人也認同地點點頭，沒離開童話鎮的人得了枯槁病，離開童話鎮的龍葵卻沒得，至少可以肯定這兩者間並無絕對關係。

「既然童話鎮沒有治癒枯槁病的方法，我就帶着松蒿離開這裏！」南星看着面目全非的松蒿，目光堅定地說，「我偷偷看過戴爾克導師私藏在辦公室裏的《琉方日報》，早就知道外面的世界很大，我相信一定能找到人治好松蒿的！」

「我願意幫你……」布布路立馬拍胸脯表示願意幫忙。

「安靜！」帝奇突然打斷布布路，一陣微弱的腳步聲傳入大家耳中，有人來了！

地下室裏十分空曠，只有一張張冰冷的病床，根本無處可躲。危急關頭，南星噌的一聲跳上了身旁的病床，動作嫻熟地蓋上白布單，再次將自己偽裝成「屍體」。

腳步聲越來越近，布布路他們來不及思考，只能有樣學樣地躺到床上，用白布單將自己蓋起來。

由於金盾棺材太大，布布路只好把它塞在鐵床的下層……

詐死的奇摩

咔咔咔……

地下室內側的牆壁上發出一陣古怪的錯動聲，牆面上似乎打開了一扇隱藏的機關門。

一個人從牆後走出來，在布布路他們身邊走來走去，喃喃

自語道:「不是說只有一個實驗品需要回收嗎?現在躺在這裏的……一、二、三、四、五、六、七,居然有七個實驗品!不過,連梅麗安校長也特別在意的那位大人說過近期會送來更多有趣的實驗品,用來進行細胞採樣,應該是提前送來了吧?」

這個聲音聽來十分耳熟,但因為蓋着白布的關係,布布路他們無法確認對方的身份。

就聽那人捏響卡卜林毛球,用毫無感情的聲調說:「這裏還有六個報廢的實驗品,再派六個人來幫我推走他們。」

不一會兒,更多的腳步聲進入地下室,布布路他們躺着的病床紛紛被推動,向那面有機關門的牆壁靠過去。

南星和布布路一行心中都堆滿了疑惑,難道他們所說的「實驗品」是更多像松蒿一樣的學生嗎?「那位大人」又是誰?梅麗安背後果真隱藏着其他更可怕的勢力嗎?

但不入虎穴,焉得虎子,所有人都默契地選擇了按兵不動。

布布路他們被推入牆壁的另一邊,從聲音來判斷,四周似乎有很多人,還有各種儀器運轉的聲響。

突然,布布路的一隻手被拉出了白被單,手臂隨之傳來冰冷潮濕的觸感,還伴隨着一股刺鼻的酒精味,緊接着,一根針頭扎進布布路的血管,抽走了一管血。

布布路忍着沒吱聲,等身邊完全安靜下來,他悄悄將臉上的白床單吹起一角,打量起周圍的環境來 —— 這是一個大型病房,牆壁、天花板、病床、手術台,一切都是白色調,連吊燈投射出的光都是蒼白的,冰冷而凝重,讓人有種如同置身冰

窘的錯覺。

　　許多穿着白大褂的醫生正在台前忙碌，手中的醫療器具發出冰冷的觸碰聲。光可鑒人的大理石地面隱隱映照出那些白大褂們的影子，當布布路看清離他最近的那個醫生的面孔時，詫異得眼睛越睜越大，處於白布掩蓋下的身體因為震驚而微微痙攣起來。

　　眼前的這一幕太讓他難以置信了，因為他看見的是一個異

常熟悉的身影，不，不是一個，準確地說，房間裏的所有醫生都很眼熟 —— 他們居然是一群一模一樣的奇摩！

　　奇摩醫生不是已經死了嗎？怎麼會出現在這裏？而且還同時出現這麼多奇摩醫生！

　　這時，一個奇摩走到昆布的床邊，準備為昆布抽血，他的手剛抓住昆布的手腕，神經緊繃到極點的昆布就再也承受不住內心的恐懼，哇的一聲，尖叫着從床上蹦起來。

完了，暴露了！四個預備生趕緊跳下床，護住受驚過度的昆布，不讓他惹出更大的麻煩。

昆布看見其他人，情緒稍微平復了些，只是身體還在失控地顫抖不已。

餃子他們鬆了一口氣，抬頭打量起四周，頓時明白了為何昆布的臉色如此難看 —— 房間裏竟然有一群長得一模一樣的奇摩醫生同時看着他們。

一時間，四周寂靜得有如真空，即便是見多識廣的餃子他們，也被這麼多奇摩的同時出現震驚了。

接下來，大家又發現了更加令人膽寒的東西 ——

房間的角落裏，陳列着一排排蟲卵般的玻璃容器，容器裏面裝滿泛着藍色熒光的液體。微微搖曳的液體中，赫然浸泡着一具具如充氣的塑料製品般毫無生氣的人體！

更令布布路他們感到心驚肉跳的是，那些浸泡的人體中不僅僅有奇摩，還有更多眼熟的面孔：松蒿、昆布、南星……以及龍葵！

餃子他們腦中驀地閃過一個驚人的念頭，童話鎮的底牌似乎已經被揭開了！

新世界冒險奇談

第十二站 STEP.12

虛幻的烏托邦

MONSTER MASTER 19

悲劇的宿命

嘀嘀——

短暫的靜默之後，那群一個模子刻出來的奇摩終於反應過來，有人按下了緊急報警器。

天花板上瞬間伸出許多有如蓮蓬頭般的小探頭，對準布布路他們噴撒出大量霧狀藥粉。

儘管及時屏住呼吸，大家還是多多少少地吸入了一些藥粉，一個個頓覺渾身的力氣迅速被抽走了，四肢像麵條一樣綿

軟無力，歪七扭八地癱倒在地。

　　餃子暗道不妙，借着藥霧的遮蔽，及時召喚出藤條妖妖，讓它釋放清醒花粉，令自己恢復了力氣。

　　可還沒等藤條妖妖朝布布路他們撒出清醒花粉，牆壁上再次發出咔咔的錯動聲，那道機關門又一次被打開了。梅麗安校長面色冰冷地走進來，身後還跟着被五花大綁的龍葵和偽裝成管家的亞克。

餃子趕緊把藤條妖妖收回怪物卡，自己也躺到地上，假裝一動也不能動的樣子。

　　龍葵的身份敗露了嗎？布布路他們急忙看向亞克。

　　亞克一臉無奈，在剛剛的急救過程中，他盡力掩飾，想方設法不讓醫生們接近龍葵，自己則暗中利用焰尾貓的怪物能力小心翼翼地為龍葵的心臟解凍，可就在龍葵幽幽醒轉之際，梅麗安校長突然帶着一群守衛出現了，不由分說便將兩人控制了起來。

亞克向布布路他們使了個眼色，示意大家要沉住氣，見機行事。

「你想幹甚麼？我們……可是這裏的貴賓……」餃子裝出有氣無力的樣子，試探着問道。

「貴賓？」梅麗安校長不緊不慢地回答道，「想必你們已經發現了，童話鎮的大門處安置了蜂眼，那蜂眼不僅有監視功能，還具備初步掃描人體內臟器官的新技術。我雖然對你們懷有戒心，但是還沒有懷疑到宇都少爺身上。聽說宇都少爺在視察9號醫療所時心臟驟停，我緊急調取了蜂眼的掃描內容。結果我發現，這位『宇都少爺』的身體器官所呈現的狀態，與我之前拿到的宇都少爺的資料完全不符，卻和不久前逃走的龍葵一樣！」

「我這才恍然大悟，原來龍葵沒有死，還偽裝成宇都少爺回到了童話鎮！於是我立即下令控制了龍葵和這位身份不明的『管家』，就在這時，0號醫療所的警報響了。你們居然能找到隱藏的0號醫療所，真不愧是來自摩爾本十字基地的怪物大師預備生啊。」

接着，梅麗安校長又痛心地看向昆布和南星：「還有你們兩個，我真心實意地待你們，沒想到你們會伙同外人一起胡來！弄了個假的宇都少爺來魚目混珠！你們這麼做的目的是甚麼？」

在梅麗安校長的厲聲斥責下，昆布心虛地低下頭，而南星則虛弱地辯解道：「梅麗安校長，您不要動怒，我們沒有惡意，只是想搞清楚一直以來縈繞在童話鎮的死亡詛咒而已。」

　　南星說着看向浸泡在容器中的另一個自己和旁邊許多眼熟的面孔，黯然道：「我想，我們有權利知道真相，不是嗎？儘管真相也許比我們想像的還要殘酷……」

　　龍葵也指着那些玻璃容器，激動地質問：「梅麗安校長，這是怎麼回事？為甚麼我失蹤的室友，還有很多剛才還在食堂裏吃飯的同學，會出現在這裏，還被浸泡在溶液中？」

　　「好吧，我現在就告訴你們……」梅麗安校長轉頭看了看躺在病床上的松蒿，悲傷地說，「死亡詛咒的真相就是，這裏的學生並不是離開童話鎮就會死，而是本來就是為了犧牲而誕生的！我之所以費盡心力地將大家禁錮在這裏，就是希望讓大家能無憂無慮地度過一出生就注定比常人還要短暫的人生。」

　　梅麗安並沒有從正面回答龍葵，但布布路他們心中一沉，儘管大家不願承認，可真相已經昭然若揭了。

　　「事到如今還有甚麼好隱瞞的……我們都看出來了，童話鎮一直以來都在做一個危險而不道德的醫學研究，」餃子瞇起眼睛掃過那一個個奇摩醫生，語氣沉重地推斷道，「這個研究是被怪物大師管理協會、社會各界以及各國政府明令禁止的 —— 複製人！」

　　複製人！連孤陋寡聞的布布路都聽說過。由於醫學和煉金術的進步，人們開始嘗試提取人體細胞，人為製造生命體。「複製人」是突破傳統人類繁衍模式的「另一種人」，他們雖然在生理機能上與人類無異，但因為其誕生的特殊意義，往往免不了如小白鼠般被當作研究對象。有些複製人在黑市甚至被

當成基因產品一般任意交易，成了喪失人權的犧牲品，因此這項研究百年前已在全藍星範圍內被徹底禁止。

石破天驚的真相

　　當真相被餃子無情捅破時，龍葵、昆布和南星三人臉上毫無血色，就像被人迎頭潑下了一盆冰水，從頭冷到腳。布布路他們也震驚得說不出話來。

　　「梅麗安校長，這是真的嗎？我們都是被製造出來的嗎？」龍葵傷心欲絕地吶喊着，求證道，「我之所以跟宇都真長得一模一樣並不是甚麼巧合，而是像那容器中浸泡的軀體一樣，只是他的複體？」

　　梅麗安校長沒有回答，但她悲憫的神情顯然是默認了這個事實。片刻之後，她重重歎道：「這是不可抵抗的命運，龍葵、南星、昆布，你們可知道自己名字的含義嗎？」

　　三人滿臉呆滯，這驚天的打擊幾乎令他們喪失了思考能力。

　　倒是亞克若有所思地低語道：「龍葵、南星、昆布，都是藥……」

　　「沒錯，童話鎮上所有學生的名字都是一味藥，」梅麗安校長點點頭，遺憾地說，「因為他們本身就是藥，製造出他們來就是為了治癒患有疾病的本體，給肢體壞死的本體提供肢體，給器官損傷的本體提供器官……童話鎮的存在就是為了

照顧這些複體，為他們提供充足的營養，讓他們能成為合格的『藥』。」

一切都能解釋了，亞克回想起來，童話鎮各處都一塵不染，幾乎沒有垃圾，校內無論是學生還是工作人員都穿得乾淨整潔，甚至連食堂的菜色搭配也異常講究，看來這一切都是為了保證「藥」的質量。

南星和昆布聽得渾身瑟瑟發抖：在梅麗安校長眼中，不，在更多的世人眼中，他們都不是人，而是一件物品，一味藥。從誕生伊始，他們存在的意義，只是為本體提供器官和組織……原來這就是梅麗安校長一直倡導的「愛和奉獻」。

龍葵悲憤地垂下了頭，恍然明白自己的存在是為了能讓作為本體的宇都真活下去而準備的藥，難怪梅麗安說童話鎮能治癒本來無藥可醫的宇都真。更可悲的是，這竟然是童話鎮上所有學生的宿命！而那些失蹤的學生，恐怕早就毫不知情地被當成藥使用掉了！而他們一直當成「家」的童話鎮，只是一個披着虛假外衣的製藥廠。

他們沒有父母，沒有家！因為他們是「藥」！這就是真相！

看到幾個學生猶如抽掉靈魂的木偶一般，梅麗安責備地看向布布路幾人：「現在你們滿意了嗎？因為你們多管閒事，這些孩子不得不在內心的痛苦掙扎中度過餘生了……」

梅麗安話沒說完，就被布布路氣憤地打斷了，他全身血氣上湧，用盡力氣嘶吼道：「你說得冠冕堂皇，但複體也是擁有獨立個性的鮮活生命，你卻剝奪了他們自由思考的權利，讓他

們失去判斷的能力和選擇的機會，這只是在為你心中的罪惡辯護而已！」

「機會？辯護？你這毛頭小孩懂甚麼？這個世界上最大的痛苦並不是災害和戰爭，而是希望！」梅麗安眼中閃過一絲陰霾，彷彿陷入回憶般喃喃道，「希望的光芒是如此遙遠，引人憧憬卻讓人難以觸及，人們往往會在追尋希望之光的過程中摔得粉身碎骨……」

「看看他們的樣子，你們揭露了真相，只會給他們的心靈帶來巨大的傷害！既然結局是注定的，與其給人縹緲無望的希望，讓孩子們在不安和驚恐中走向死亡，倒不如在愛的名義下，坦蕩地奉獻出自己的生命，這樣不是更好嗎？我的方式有甚麼錯嗎？」梅麗安毫不悔改地看向龍葵他們，「你們也覺得不知情的快樂生活更好，對吧？」

龍葵抬頭凝視着梅麗安，在他的心目中，這個溫雅高貴的女人如同他的母親一般讓他又敬又愛。他做錯事了，她會責罰他；他受傷了，她會為他流淚包紮；他有所進步，她替他高興……她雖然嚴肅卻慈愛，幼年時，曾經無數次，他都渴望叫她一聲「媽媽」，相信童話鎮無數的孩子都是如此，把她當成生命中最親近的人。

然而這一刻，孩子們心中如聖母一般的梅麗安校長變得陌生極了，龍葵恍惚看到了她那襲純白的長袍後展開了一對黑漆漆的巨型惡魔之翼。那幽暗深邃的黑色在他心中投下巨大的陰影，籠罩着他，讓他幾乎看不到光芒。

龍葵心亂如麻，如果他從來沒有離開過童話鎮，那麼在「愛與奉獻」的洗腦教育下，他或許會樂於奉獻自己的身體和生命，轟轟烈烈地死去。可現在，他已經見識過外面的世界，又認識了布布路他們，他不想這樣輕易地結束自己的生命，他還想去發現更多美好的事物，為了更多微小的理由而卑微地活下去……

可是，宇都真也想活下去吧……想到一臉病容的宇都真……龍葵陷入了深深的不甘和矛盾中。

希望和絕望

0號醫療室裏一片死寂，空氣如同凝固的水泥一般沉重，大家幾乎能聽到自己的心跳。

布布路這才後知後覺地明白，為何在鹿丹城的時候，奇摩醫生看起來和以前大不相同，因為那不是他們認識的奇摩醫生，而跟這裏的數個奇摩一樣，是複體！

那骨槍團的奇摩醫生呢？也是一樣嗎？布布路完全混亂了。

「你們的好奇心得到滿足了吧？現在是不是該告訴我，真正的宇都少爺被你們弄到哪裏去了？」梅麗安校長率先打破沉默。

這是一個籌碼，不能告訴她！帝奇暗暗用眼神向同伴們傳達信息。

梅麗安校長彷彿早有預料，泰然自若地說：「我不是在詢問你們，而是在給你們機會。就算你們不說，我也有解決的方

法。」

　　布布路他們心中暗叫不妙，無視禁令，在童話鎮研製複製人，這絕對不會是梅麗安校長一人之力，她肯定還有更為可怕的幕後支持力量。為了守住童話鎮的祕密，不擴大事態，梅麗安校長和她背後的力量，極有可能會對他們這些知情人不利！

　　在梅麗安校長說明真相的時候，餃子一直偷偷地指揮藤條妖妖從自己背後釋放出清醒花粉，布布路他們的身體漸漸恢復了力氣，賽琳娜三人暗中握住自己的怪物卡，布布路也慢慢把

手伸向背後的棺材，打算等力氣再恢復一些，就先擒住梅麗安校長。

　　四個預備生正準備採取行動，一個身影卻搶先一步，顫顫巍巍地從地上爬起來，踉蹌地衝向梅麗安校長，是南星！

　　南星的手裏抓着一把不知從哪兒撿來的手術刀，悲憤交加地挾持了梅麗安校長，他用手中的手術刀對準她的脖頸，聲嘶力竭地質問：「松蒿不會死的，他還有救，你能救活他的，對不對？」

「抱歉，我無能為力，」梅麗安校長的眉頭皺得更深了，「所以我才說這是無望的希望……因為技術的限制，目前製造出來的複體還無法實現百分百的健康率，大概有百分之五的複體會爆發枯槁病，一旦枯槁病發作，複體會在短時間內乾癟衰弱，最終報廢。」

布布路他們終於恍然大悟，原來童話鎮之前失蹤的孩子們，除了有一部分成為本體的「藥」之外，另一部分是因為枯槁病而死去了！梅麗安向學生們宣揚死亡詛咒的目的之一，正是為了掩飾枯槁病的存在。

更令大家感到心寒的是，梅麗安校長居然把複體的死亡說成「報廢」，彷彿他們真的只是毫無生命價值的藥品，一旦失去藥效，就會慘遭淘汰。

想到童話鎮裏那些天真無邪的孩子，想到他們那一雙雙對外面的世界充滿求知欲的眼睛，布布路他們心中湧起濃濃的悲涼和憤慨。

聽到梅麗安的回答，南星因為一時心急而湧起的力氣，彷彿瞬間被抽空了，失魂落魄地放開梅麗安校長，撲通一聲跪倒在地，手術刀啪地掉落在地。

四周的奇摩們抓住機會，一哄而上，瞬間將南星制伏。

梅麗安校長歎了口氣，向奇摩的複體們下達命令：「趁他們體內的藥效還沒有消失，抹去他們剛才的記憶吧！」

怪物大師配角大搜索

Q06 也曾心懷夢想進入摩爾本十字基地的預備生杜魯門，你還記得他所擁有的是甚麼怪物嗎？

A. 狄塑怪　　　B. 帝王鴉
C. 帕米魯格　　D. 花芽獸

答案在本頁底部，答對得 10 分，你答對了嗎？

即時話題

餃子：昆布，龍葵，你們覺得南星這個人可靠嗎？我們可以信任他嗎？

昆布：南星學長算是個很特立獨行的人吧，我記得他從不主動「懺悔」，因此總被梅麗安校長懲罰。有一次，他違反校規在童話鎮裏夜遊，結果被一群守衛抓到了，他用一種叫「合氣道」的神技，打倒了那群守衛，溜回了宿舍，但最後還是「東窗事發」了。梅麗安校長讓南星學長「懺悔」，但他拒絕了，結果梅麗安校長告訴他「肆意妄為者必須苦待己身」，然後對他懲以十鞭，當時南星學長的後背被抽得皮開肉綻，但他連哼也沒哼一聲，真的很厲害！

餃子：這麼聽來，南星是個有自己獨立思考能力的人，我覺得可以合作。另外，我必須說明一下，合氣道不是神技，而是一種古武術，我也會一點唷，不過和南星不是一派的。

龍葵：哇，餃子你也好厲害！

帝奇：且不說梅麗安校長是否允許你們學武術，童話鎮裏有人教武術嗎？

昆布：哦哦哦，這就是我為甚麼說南星學長會神技的原因了，他說過自己從出生就會合氣道了！

餃子：這牛吹得，我都甘拜下風。不過仔細想想，如果是本體具備的技能，那麼很可能複體從誕生時就具備了。

完成這個測試後，你可以判定自己參與的怪物大師配角大搜索行動是否成功了。

測試答案就在第十九部的 241 頁，不要錯過唷！

MONSTER MASTER
SLAVES DREAMS+

NOW, 配角大搜索全面展開！！！

就算不曾擁有主角光環，就算出場次數屈指可數，可對於熟讀『怪物大師』的讀者來說，他們依舊是耳熟能詳的存在！

絕望的聖城囚籠
MONSTER MASTER 19

新世界冒險奇談
第十三站 STEP.13

「越獄」計劃開始了
MONSTER MASTER 19

智取眾「奇摩」

下達完命令，梅麗安校長留下一個遺憾的神情，便緩步離開了。

奇摩的複體們紛紛行動起來，從實驗台裏拿出八支裝有綠色液體的針筒，面無表情地走過來，那一定是能抹去記憶的藥劑。

龍葵、南星和昆布嚇得臉色慘白，布布路四人則暗暗交換着眼神，準備伺機行動。

其中一個「奇摩」走到亞克身前，手中的針尖用力朝亞克的靜脈血管刺去。眼看針尖就要刺破亞克的皮膚，危急之中，一道赤紅的火光從亞克胸前躥出，直直射向「奇摩」的手腕。

「好燙！」「奇摩」一聲痛呼，手中的針筒掉到地上。

一隻貓狀的怪物從亞克衣服下一躍而出，那是亞克的怪物焰尾貓，剛才的火光就是它吐出的。落地的同時，焰尾貓又吐出一顆火球，制伏了另一個壓着亞克肩膀的「奇摩」。

不遠處，賽琳娜召喚出水精靈，急聲道：「水精靈，強力水柱！」

「唧唧！」水精靈搖動着晶瑩剔透的身軀，將「奇摩」們沖了一起。

「藤條妖妖，麻醉花粉！」餃子把怪物卡高高舉起，藤條妖妖頭頂上的花苞迅速綻放，噴吐出的藥粉有如長了眼睛一般，目標明確地射向屋內的「奇摩」們。

眨眼的工夫，一眾「奇摩」的雙眼全都繞起了蚊香圈，一個個東倒西歪，站立不穩。

帝奇眼疾手快地撿起一支掉落在地的針筒，隨即一抬手，撲哧一聲將針頭扎進一個「奇摩」手臂的靜脈血管中。這一針扎得快、狠、準，連大大咧咧的布布路都不禁牙齒一酸，替那個「奇摩」疼痛，南星和昆布則齊齊「啊」了一聲，用恐懼的眼神看向面不改色的帝奇。

亞克、餃子和賽琳娜立即明白了帝奇的意圖，既然梅麗安校長想抹去他們的記憶，他們完全可以將計就計，反過來清除

「奇摩」們的記憶，再裝出失憶的樣子，讓梅麗安校長對他們放鬆警惕，繼續在童話鎮裏暗中調查。

　　賽琳娜想了想，為難地說：「要想整件事不露餡，必須要讓在場的這些『奇摩』相信已經幫我們清除了記憶，雖然針筒裏的藥劑可以清除他們的短期記憶，但重塑他們的記憶，該如何是好？」

　　「我有辦法！」亞克伸手在衣服裏摸了摸，掏出一個懷錶吊墜，並叮囑布布路和南星他們，「我要使用催眠術，你們不要看這邊。」

　　亞克手持吊墜站定在一群暈頭轉向的「奇摩」中間，將懷

錶有規律地晃動起來，口中唸唸有詞：「聽着，你們已經將針筒……刺進了摩爾本十字基地的幾個預備生和被抓住的幾個學生的靜脈……抹去記憶的藥劑……現在藥在他們體內生效了……你們完成了……梅麗安校長的命令……」

嘀嗒，嘀嗒，嘀嗒……

實驗室裏靜悄悄的，只剩下吊墜發出的機械搖擺聲和亞克夢囈般的呢喃，「奇摩」們跟着亞克一起唸了起來：「藥……生效了……我們完成了……梅麗安校長的命令……」

幾分鐘後 ——

「奇摩」們齊齊打了個激靈清醒過來。他們發現自己依然

站在原位，手中的針筒都空了，再往地上看去，布布路一行橫七豎八地昏睡在地。

「奇摩」們露出大功告成的笑容，因為他們腦中有着同樣的記憶：他們已經完成了梅麗安校長的命令，清除了這些人的記憶⋯⋯

最適合的解決之道

「奇摩」們將龍葵、亞克和四個預備生送入貴賓區休息室，南星和昆布則被送回學生宿舍。

等到「奇摩」們離開，佯裝昏迷的布布路六人一骨碌從床上彈坐起來。

亞克拉開門縫往外看了看，確定「奇摩」們走遠了，才回頭對布布路他們說：「剛剛發生的事一定讓你們感到很震驚，很憤怒，可越是這個時候，我們越是要冷靜，每一步都要謹慎行事！」

布布路四人一本正經地點頭。

亞克又看向龍葵，眼中充滿不忍，但還是加重語氣說：「尤其是你，龍葵，這麼殘酷的真相一定令你很難接受，但不管別人怎麼說，我希望你能明白，任何一個生命都是珍貴的，都應該得到尊重，都有權利去度過有意義的一生。你現在與其為了自己的身世而難過，倒不如想想自己存在的意義和未來要走的路！」

「亞克叔叔說得沒錯，」布布路連連點頭，拉住龍葵的手

說，「不管你是不是複體，在我眼中，你是一個善良又勇敢的少年，是我新認識的好朋友。」

「你，你把我當朋友？」龍葵不敢相信地看着布布路，「你不介意我只是一味『藥』嗎？」

「傻瓜，我們都是你的朋友啊！」賽琳娜親切地捶了龍葵一拳，「犯錯的是那些違背人性研製複體的人，不是你。如果你因此而妄自菲薄，那才真是可悲呢。」

帝奇走到龍葵面前，好半天才面無表情地哼道：「是男人就堅強點，別忘了自己的使命。」

龍葵環視着眾人，眼角淚光閃動，原本如浮萍般飄搖的心漸漸沉靜下來：「是的，我要救出其他人，讓這裏的同伴們逃出去。」

亞克微微鬆了口氣，沉聲道：「那麼，我們討論一下接下來的計劃吧。」

餃子摸着下巴，老謀深算地沉吟道：「童話鎮裏有這麼多複製人，對外的保密性卻很強，醫療所內的醫學體系也非常成熟先進，單憑梅麗安一個人是不可能做到這種程度的，她背後的力量不容小覷。」

「我們的任務很艱巨，不僅要帶這裏的學生離開，以防止更多的學生被當成『藥』，還得揭露童話鎮背後的支持力量，從根源上杜絕同樣的不幸再次上演。」賽琳娜一臉凝重地說。

亞克點點頭，思索着說：「事關重大，我們應該儘快聯絡怪物大師管理協會！」

「我認為應該直接聯繫獅子曜委員長，」帝奇提出異議，「我們之前和暗部打過幾次交道，對於複製人這種被明令禁止且不容於世的存在，暗部定會採取極端手段來強行干預。」

布布路不禁打了個寒顫，一臉深沉地歎道：「是呀，暗部的確很棘手啊！」

「嗯，獅子曜委員長的人品和能力，都值得我們信任！如果委員長出馬並從中斡旋，暗部就不便插手了。」餃子認同地說。

相信委員長大人一定會給童話鎮的孩子們安排一個最好的歸宿，布布路三人都異口同聲地贊同帝奇的提議。

亞克驚呆了，他沒想到這幾個預備生居然已經和暗部接觸過了，而且還不止一次；更沒想到他們說起獅子曜的時候，就如同在說一個老朋友，他們能直接聯繫委員長大人，可見交情匪淺。

好半天，亞克才欣慰地感歎道：「原本我還擔心你們處理不了這麼大的事情，看來我的擔心是多餘的。布布路，想必你在摩爾本十字基地的預備生生活十分精彩！」

布布路不好意思地笑了，如果亞克叔叔知道他成為怪物大師預備生後所經歷的那些「精彩」，他一定會驚訝得連下巴都掉到地上。

打斷冥想的不速之客

要在重重監視下組織那麼多學生集體逃離童話鎮，難度

可想而知。但被當作「藥」的學生們，隨時會因為本體的需求而成為犧牲品，布布路他們不敢耽擱時間。趁着梅麗安暫時沒有防備，他們決定立刻展開營救行動。

幾分鐘後，透過貴賓區的雙面鏡，可以看到布布路一行在大廳裏懶洋洋地遊蕩着。

而在貴賓區通往教學禮堂的路上，一面面雙面鏡離奇地順次蒙上了一層水霧，彷彿是有一張大嘴朝鏡面哈了一口氣。由於霧氣很快散去，要仔細留意才能察覺。

其實，留在貴賓區裏的布布路一行，只是水精靈製造出來的「水分身」，雙面鏡的霧化也是水精靈施的障眼法，目的是讓布布路他們避開雙面鏡的監控。

布布路一行神不知鬼不覺地再次來到教學禮堂。此時，禮堂大門緊閉，窗子也被厚厚的窗簾遮得嚴嚴實實。

餃子神祕兮兮地扒開一道門縫，窺視起禮堂內的情形：

黑暗中，幾百名學生席地而坐，每個人手中都捧着一根搖曳的蠟燭，所有人都面無表情，雙目緊閉，像在祈禱着甚麼。

根據龍葵提供的消息，這是一天中童話鎮學生最為集中的時刻——冥想時間。每天睡覺前，學生們都會自發地集中在大禮堂，對自己進行反思，為其他人祈福。為了維持秩序，每天由一個不同的老師執勤。

希望不要遇到梅麗安校長。布布路他們躡手躡腳地鑽入大門，一個身影卻正站在門後。

是戴爾克，他一臉狐疑地看着布布路他們：「你們怎麼又

來了?」

「戴爾克導師,我們在0號醫療所裏有所發現,時間緊迫,希望你能行個方便。」亞克搭住戴爾克的肩,邊說話邊將對方推入禮堂一側。

布布路一行趁機魚貫而入,走在最後的帝奇順手把禮堂門關上了。

一進入禮堂,賽琳娜立刻示意水精靈展開霧化,讓四周的雙面鏡都罩上一層水霧。

戴爾克的臉上浮現出一抹擔憂,隨即長歎了一口氣,默默退到門口,替布布路他們把風去了。

餃子飛身跳上高台,他手裏捧着一台從黑市上淘來的微型蜂眼監視器,在禮堂的半空中投影出之前在0號醫療所裏偷拍的畫面。

當畫面上出現了松蒿枯槁的臉部特寫時,禮堂內爆發出一片恐懼的抽氣聲;當一大群「奇摩」出現時,禮堂內傳來了一片驚訝的竊竊私語;而當那些蟲卵般的容器出現在屏幕中時,禮堂內終於安靜了,看着被浸泡在溶液中的一張張熟悉的面孔,學生們徹底呆住了。

「這是我們今天下午拍到的!這就是死亡詛咒的真相!」布布路提高音量,從頭到尾描述了一遍他們在0號醫療所裏的遭遇,並揭開了童話鎮違法製造複製人的祕密。最後他真誠地說:「你們留在這裏非常危險,我們是來營救你們的,跟我們走吧!」

絕望的聖城囚籠

MONSTER MASTER 19

新世界冒險奇談

第十四站 STEP.14

背叛者出現
MONSTER MASTER 19

學生們的分歧

　　布布路一行期待地看向學生們，希望大家抓緊時間，齊心協力一起逃離童話鎮。

　　然而，事實證明他們想得太簡單了，禮堂內鴉雀無聲，並沒有人響應。

　　「他們說的是真的，我不是甚麼宇都少爺，我是半個多月前失蹤的龍葵……」龍葵見狀，鼓起勇氣，勇敢地走上台，將自己的遭遇說了一遍。

「今天下午我也在0號醫療所。」南星也從學生中站出來，紅着眼眶說，「我永遠也忘不了松蒿枯槁垂危的模樣，更忘不了梅麗安校長親口承認，我們只不過是一味藥，我們存在的意義，就是滿足本體的需要，必要時獻出自己的生命。童話鎮的一切不過是為了掩蓋殘酷現實而編造出來的虛幻童話而已！」

說着，他又看向昆布。「還有昆布，他也可以證明！」

所有學生齊刷刷地看向人群中的昆布，但昆布卻怯懦地往後退了退，他的身體微微顫抖着，似乎緊張得一句話也說不出來。

禮堂內再次恢復寂靜，學生們你看看我，我看看你，一張張臉上充滿迷茫。

所有人的心都沉甸甸的，誰都不願意相信這個事實，不相信自己只是「藥」而已。

這實在太顛覆他們的認知了，長久以來他們堅定的、賴以生存的信仰完全崩塌了。

或許在理智上，他們已經相信了布布路他們，但是在情感上，他們無法接受這個殘酷的事實，無法接受自己身體裏的血液不是為自己而流，心臟不是為了自己而跳動……

更重要的是，離開了童話鎮，他們能去哪裏呢？如果他們真的是複體，外面的世界能接受他們的存在嗎？

短暫的寂靜後，禮堂內騷動起來，學生們一開始只是竊竊私語，漸漸演變成爭吵：

「我不想被當作藥，我，我認為我們應該跟布布路他們離

開童話鎮。」

「離開童話鎮，我們就能生活得更好嗎？」

「龍葵在那個鹿丹城只拿了一點食物就被人追打，我覺得外面的世界可怕極了！」

「一直以來我們在童話鎮都生活得很幸福啊，梅麗安校長雖然嚴厲，卻給我們提供了最好的生活。」

「並不是所有人都會變成藥，只有當本體遇到生命危險的時候，才需要我們做出犧牲。我在童話鎮生活了這麼多年，失蹤的學生少之又少，大多數學生都好好地活着啊！我們享用了資源，難道不該做出一點回饋嗎？」

「萬一你的本體病倒了，需要你去犧牲，你還能說得這麼輕鬆嗎？」

「為甚麼不可以？難道你們忘了梅麗安校長對我們的教導了嗎？每個人的生命都是有限的，不成為藥，遲早也會回歸塵土，將身體奉獻給大地。既然如此，奉獻給本體又有何不可？你們忘了愛和奉獻精神嗎？」

「都怪這些怪物大師預備生，如果不是他們，我們可以一直過着無憂無慮的生活，根本不用面對這麼可怕的事情！」

激烈的爭吵中，只有少部分學生站到布布路他們身邊，大部分學生不願面對現實，更不想接受改變，甚至還有人將矛頭指向布布路他們，有幾個學生甚至衝向大門，想要去叫守衞來抓捕布布路他們。

帝奇面色冰冷地掏出怪物卡，巴巴里金獅吼了一聲躍出怪

物卡，牢牢地守住大門。

　　巴巴里金獅帶起一陣巨大的氣流，它渾身的鬃毛如同燃燒的火焰般張揚，看起來氣勢逼人。望着巴巴里金獅龐大的身軀和尖銳的爪牙，衝到門口的學生們連滾帶爬地被嚇了回來。

　　一些膽小的女生無助地哭起來，還有學生因為情緒失控而大喊大叫，禮堂內一片混亂。

　　一雙雙曾經純淨的眼睛，此刻充斥着憤怒、厭惡、痛苦、無助、恐懼⋯⋯這些目光就像是無數利箭，刺在布布路他們心上。

　　他們本以為說出真相後，能得到學生們的理解和支持，但現在的局面，卻是大多數孩子因信仰崩塌而精神崩潰了，以至

於根本沒有理智和勇氣去改變自己的命運！

這一刻，布布路他們對自己一直以來的做法產生了一絲懷疑，他們發現揭露真相也許不一定能帶來幸福，即使一腔正義也有很多無能為力的地方。

戴爾克的心意

看着有些不知所措的布布路他們，南星不耐煩地催促道：「既然他們不想走，我們就別耽誤時間了！守衛很快就會察覺到雙面鏡的異常，趁着他們還沒趕來，我要去０號醫療所救松蒿，就算他逃不過一死，我也要帶他去看一看外面的世界。」

　　亞克長歎道:「有時候雖然前途未卜,但我相信只要方向正確,總比站在原地等待要強。現在時間緊迫,我們先帶那些願意和我們一起出逃的學生離開,然後抓緊時間聯繫獅子曜委員長來營救其他的學生。」

　　四個預備生依然有些猶豫,一旦他們離開,梅麗安校長定會採取緊急對策,說不定立刻就會將剩下的學生進行轉移,到時候想要再營救就更艱難了,真的要丟下這些學生不管嗎?

　　「你們趕緊帶着願意走的學生走吧,」這時,一直保持沉默的戴爾克導師走過來,用近乎宣誓的語氣說道,「我會留下來照顧這些不願離開的學生,盡我最大的力量保護他們,萬一有甚麼變故,我會想方設法將最新情況通知給你們的。」

　　戴爾克導師的表情、眼神和語氣是如此真誠,令人不容懷疑。餃子忍不住問道:「戴爾克導師,為甚麼你和童話鎮的其他大人不一樣?」

　　「其實,曾經的我跟這裏其他的工作人員一樣,只是把複體當成藥而已。」戴爾克導師臉上露出愧疚的神色,「我的女兒患有先天性疾病,是靠着一個複體的犧牲才恢復了健康。後來我受到梅麗安的邀請來童話鎮教書,也一度把複體當成藥來看待,可是,和這裏的學生們相處的時間越長,我就越覺得生命都是一樣的、平等的,並沒有複體和本體的分別,他們都和我的女兒一樣,是天真無邪的孩子,有自己的性格和思想⋯⋯」

　　戴爾克看着眼前那一張張熟悉的臉,頑皮倔強的龍葵、膽

大心細的南星、貪吃仗義的昆布……他們都是活生生的人啊，他們也有活着的權利，怎能因為本體的需要，殘忍地奪去他們的生命呢？一想到女兒的生命得益於他們的犧牲，他愧疚的同時，對童話鎮的孩子們也心生無限的憐憫……布布路他們終於明白了戴爾克的心意，也相信了他的承諾。

守在門口的帝奇面色一凜，提醒道：「不好，梅麗安校長帶着守衛趕來了！」

背道而馳的立場

「既然如此，我們只能硬闖出去了！」餃子看了看跟在身後的幾十名學生，自信地說，「據我觀察，童話鎮內的守衛力量很弱，靠我們幾個和怪物的力量，帶着學生們突圍出去應該不難。」

布布路三人摩拳擦掌地連連點頭，南星和龍葵也勇敢地握緊拳頭，只有昆布有些神情呆滯，不過情況緊急，沒有人注意到他的反常。

亞克倒是流露出一絲擔憂，童話鎮除了門外有一隊守衛，鎮內幾乎都是工作人員和教師，對於維護複製人這種禁忌項目來說，防守未免顯得太薄弱了。亞克總覺得童話鎮裏還潛伏着令人看不透的不安定的因素，但他已經沒有時間多思考，他們必須抓緊時間離開這裏。

「正門的守衛是最多的，你們可以避開正門，」戴爾克在

一旁提示,「在童話鎮左側的圍牆上,有一個平日裏用來運送物資的偏門,那裏一般只有兩個守衛巡邏。」

「知道了,我們行動吧。」賽琳娜示意水精靈噴出強力水柱,沖向禮堂左側放置着雜物的牆壁,轟的一聲,牆上被沖出一個大洞。

「大家快跑!」布布路和帝奇各守住大洞的一側,賽琳娜和亞克負責殿後,餃子帶着幾十個孩子往外狂奔。

不過,因為要照顧這些驚慌失措的孩子,布布路他們的速度有限,梅麗安校長帶領的守衛很快就追了上來。

好在偏門近在眼前，跑在最前面的餃子揮舞着手臂加油鼓勁：「快到了，大家再加把勁兒……」

　　「停下！你們全部都給我停下！」一個聲嘶力竭的聲音突然打斷餃子。

　　「啊！」隊伍中的幾名學生發出驚恐的尖叫。

　　大家回頭一看，是昆布！他正用一條手臂死死地抱住龍葵的身體，另一隻手則握着一把水果刀，尖利的刀鋒對準龍葵的咽喉，他扯着嗓子大喊：「誰也不許離開童話鎮，否則別怪我對龍葵不客氣！」

　　布布路他們趕緊停下腳步，將幾個因受驚而四處亂跑的

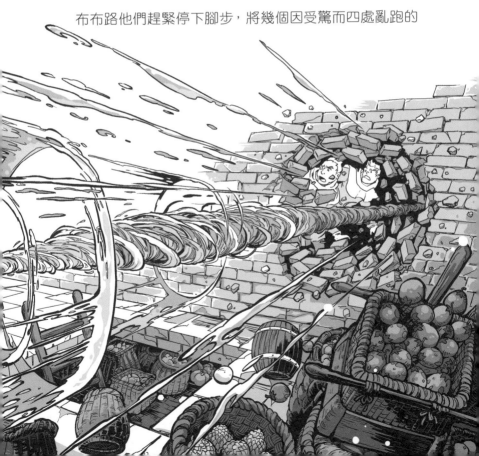

學生穩住。

龍葵被扼得臉色漲紅，驚懼地問：「昆布，你為甚麼要這麼做？」

「因為我和你不一樣！我不是複體，我是本體！」昆布的聲音因為激動而有些變調，面容扭曲地說，「中午在餐廳突發蕁麻疹的時候，我回憶起0號醫療所的位置，在那之後，我又斷斷續續地恢復了更多的記憶 —— 我終於想了起來，我不是童話鎮裏的複體，我的家在北之黎，我有父母，而且他們非常富有……哈哈哈，我一定是被封存了記憶，直到受

刺激才能恢復……梅麗安校長說過，本體都是身患疾病的，而我恰恰患有過敏性蕁麻疹，所以我一定是本體！我要獲救，就必須要使用複體，所以我不能放走你們這些『藥』，讓你破壞本體們的製藥廠！你們休想逃出童話鎮半步！」

昆布的眼神變得近乎瘋狂，手中的刀刃在龍葵的脖子上壓出一道口子，刺眼的鮮血從傷口中滲出，龍葵卻一點也感覺不到痛，他淚眼朦朧地輕聲問昆布：「昆布，難道只因為你想起自己的身世，我們這麼多年的友情就一筆勾銷了嗎？」

「少廢話！」昆布暴躁地說，「我是本體，你不過是一味藥，你有甚麼資格當我的朋友？」

混亂之中，梅麗安校長率領一眾守衞追上來，迅速將布布路一行包圍起來。他們身後還跟着那些決定留下的學生，但他們不敢靠近，只能遠遠地、忐忑不安地注視着這邊的動靜，戴爾克導師在其中安撫着大家。

「梅麗安校長！」昆布拖着龍葵往梅麗安校長那邊移動，殷勤地獻媚道，「我幫你把這些『藥』攔下來了，我是本體，跟這些『藥』不一樣，你一定要救救我啊！」

怪物大師配角大搜索

NOW, 配角大搜索全面展開 !!!

『怪物大師』的讀者來說，他們依舊是耳熟能詳的存在！

就算不曾擁有主角光環，就算出場次數屈指可數，可對於熟讀

MONSTER MASTER

Q07

終其一生都獨自待在同一個地方，守護着時之輪的九十九君，你還記得他給自己編造的新身份嗎？

A. 攝影師   B. 商販   C. 鬆毛蟲司機   D. 導遊

答案在本頁底部，答對得 10 分，你答對了嗎？

■即時話題■

餃子：其實我有點擔心，獅子曜委員長會不接卡卜林毛球，畢竟他前天才掐掉我們的通話。

布布路：咦咦咦，獅子堂不是說，那是信號不好嗎？

帝奇：笨蛋，那是托詞。想想看，別說身為委員長的獅子曜了，換成一個普通人，連續幾天都被人用一些雞毛蒜皮的小事騷擾，能不煩嗎?！

布布路：不煩不煩！我可喜歡大家用卡卜林毛球和我聊天了，但都沒甚麼人聯繫我……而且我們找委員長說的才不是雞毛蒜皮的小事！

餃子：沒錯，我和委員長聊的是貿易問題，布布路和委員長聊的是食品安全問題，賽琳娜和委員長聊的是醫保問題。

亞克：哇，你們幾個孩子居然能和獅子曜委員長探討如此深奧的社會問題啊！

帝奇：哼，所謂的「貿易問題」就是向委員長投訴在北之黎的哪些店鋪買東西，店主是不同意討價還價，也不會給優惠的；所謂的「食品安全問題」就是和委員長討論為甚麼四不像吃了沒事的東西，布布路吃了卻拉肚子；所謂的「醫保問題」就是向委員長建議把點痣、整牙、美白等微整容項目列入可報銷的醫保中去……

亞克：我現在覺得身為委員長真是「責任重大」啊！

完成這個測試後，你可以判定自己參與的怪物大師配角大搜索行動是否成功了。

測試答案就在第十九部的 241 頁，不要錯過喲！

絕望的聖城囚籠

MONSTER MASTER 19

新世界冒險奇談

第十五站 STEP.15

警戒，不可低估的幕後之人

MONSTER MASTER 19

破土而出的紅沙怪

　　情緒激動的昆布挾持着龍葵不斷往梅麗安校長的方向移動。

　　龍葵心急如焚，他想救出跟自己一樣擁有悲劇宿命的孩子，但絕不願意因此而連累大家和布布路他們。想到這些，他猛地朝昆布的胳膊咬下去。

　　「啊 ——」昆布吃痛，發出一聲驚呼，帝奇抓住機會，如幽

靈般飛躍而上，一記手刀劈在昆布的脖頸上。

昆布翻了個白眼，昏厥倒地。

帝奇、賽琳娜和餃子抓住時機，各自召喚出怪物，布布路也從棺材裏扯出聞了一整天的四不像。

「布魯！」睡眼惺忪的四不像發出不悅的怪叫，兇巴巴地對着梅麗安校長他們亮出鋒利的爪子，彷彿在埋怨他們打擾了它的睡眠。

「嗷——」巴巴里金獅發出威風凜凜的吼叫，嚇得幾個守衛不自覺地退了半步。

水精靈和藤條妖妖也沉着地跟在主人身邊，四個預備生和四隻怪物蓄勢待發，準備護着十幾名學生強行突圍。

　　梅麗安校長卻不慌不忙，不僅不應戰，反而做了一個手勢，示意守衛們統統往後退。

　　她要做甚麼？就在眾人疑竇叢生的時候，腳下的地面突然開始劇烈顫動起來，整齊的地磚頃刻間迸出道道裂縫，一縷縷紅色的沙土如同詭異的煙霧一般，從地磚縫隙中漫溢而出。

　　這不是在鹿丹城外見過的流沙嗎？賽琳娜一驚，心中湧出一種極其不祥的預感。

只見地面上的紅色沙土越湧越多，彷彿有生命般地迅速地匯聚起來，拱起一座血紅色的小山，山體的表層流沙簌簌地顫動着，詭異地蠕動着，似乎有甚麼巨大的東西就要破土而出！

「救命啊！」

望着越「長」越大的紅色沙山，跟在布布路他們身邊的學生們全都亂了陣腳，有的四處逃竄，有的失聲尖叫，有的蹲在地上瑟瑟發抖……

「都別慌，退到我身後來！」亞克嗓音嘶啞地大喊，想穩住學生們的情緒。

轟——

話音未落，紅色的沙山彷彿倒流的瀑布般，驀地衝向半空，在半空中分裂成一股股紅色的龍捲風，呼嘯着捲向學生們……

「啊！」學生們來不及躲避，一個個被捲到半空，像凌厲秋風中的樹葉。

僻靜的校園小徑頓時變成可怕的人間地獄，紅色的沙塵風暴在空氣中肆虐滋長，將整個天地都暈染得暗紅一片，布布路他們也都腳步不穩，被風沙砸得眼睛都睜不開，眼前一片烏煙瘴氣，耳畔不時傳來學生們忽近忽遠的呼救聲……

「吼——」混亂中，巴巴里金獅發出一記震懾魂魄的獅王咆哮彈，強勁的颶風從張開的獅口中呼嘯而出，吹開瀰漫在四周的紅色塵土。

大家終於看清，在沙塵暴的中心處，血紅色的流沙山中赫

然爬出了一隻龐然巨怪！

巨怪的體表覆蓋着紅色岩石般的堅硬甲殼，背上長着兩個巨大的角刺，一對如擎天柱般的前肢扭曲地插在地上，撐起它臃腫而龐大的身軀，那些詭異的紅色沙土正是從巨怪身上溢出來的。

此刻，剛剛纏繞着孩子們的龍捲風漸漸靜止、凝結起來，匯聚成堅硬的岩石，把孩子們包成了一根根人形石柱。

孩子們痛苦地奮力掙扎着，卻絲毫動彈不得。

莫名消失的力量

突然出現的怪物全身堅不可摧，如鋼鐵城牆般擋住了所有人的去路。

難怪梅麗安一臉鎮定，這恐怕是一隻防禦力極高的物質系怪物，是這座童話鎮真正的守衛！

看到準備逃離的孩子們一個個變成了石柱，梅麗安身後那些留下的孩子嚇得魂飛魄散，瑟瑟發抖。

看來梅麗安把他們帶來是刻意恫嚇他們，讓他們知道逃離只會面臨更壞的結果。

只能用怪物的力量來對抗怪物了。布布路他們立刻行動起來。

「水精靈，高壓水柱！」

「巴巴里金獅，獅王咆哮彈！」

　　在賽琳娜和帝奇的吩咐下，水精靈噴湧出數道高壓水柱，巴巴里金獅則發出一聲震天巨吼，有力的水柱和疾風向包裹着學生們的石頭呼嘯而去，將它們一塊一塊沖掉，讓孩子們重獲自由。

　　「四不像，我們上！」布布路示意四不像直取紅沙怪，但不聽話的四不像已經在主人下達指令前就行動了。

　　「布魯！」四不像張牙舞爪地爬上路邊的一棵大樹，大嘴霍然張開，連續的紫色雷光從口中噴薄而出，直衝沙土怪巨大的方形腦袋。

　　沙土怪的腦袋上頓時黑煙四起，溢出的紅色沙土轟然潰散。布布路淪為四不像的幫手，移動着步子，身手俐落地將幾個即將被捲入其中的學生拉了出來。

　　餃子則吩咐藤條妖妖結出一張巨大的藤網，將另一些受驚的學生保護起來。

　　亞克讚賞地看着四個預備生的默契配合，自己也沒閒着，焰尾貓不時噴出一道道赤紅的火刃，將那些四散在空中的紅沙燒成灰燼⋯⋯

　　眨眼間，眾人就合力救下近十名學生，但仍有數名學生被困。

　　再接再厲，一口氣將它拿下！四個預備生互看了一眼，傳遞着同樣的信念。

　　在四不像的雷光球停下的瞬間，布布路抓住時機，飛身躍起，氣勢洶洶地揮舞着沉重的金盾棺材，直朝着沙土怪身上被

電流燒焦的甲殼砸去。

轟！暗紅色的甲殼裂開了一道口子，碎裂的岩石龜殼下竟然閃出一道道詭異璀璨的光芒。

這是甚麼？布布路恍惚了一秒，正想舉起棺材再度砸下去，突然間，他的雙臂一陣酸軟，只覺得金盾棺材的重量驟然增加了幾十倍，不，幾百倍！猝不及防間，布布路身子一沉，瞬間就被壓趴下了。

「哇！」布布路連人帶棺材掉落在地，發出砰的一聲巨響。不止是布布路，餃子他們和怪物們的動作也齊齊僵住，靜滯幾秒後，大伙兒全都軟綿綿地摔倒在地，疲累得連一根手指頭都動彈不了了。

布布路伸手想撐起自己的身體，但卻好像老人般使不上力，他意識到不是棺材變重了，而是自己沒了力量！怎麼回事？難道是沙土怪對他們使用了某種特殊的能力？

布布路一行束手無策，只能眼睜睜地看着沙土怪再次將剛剛逃出來的學生們重新變成了石柱。

明明只差那麼一點點，他們就可以帶這些學生離開這座偽善的童話鎮。可現在……四個預備生的心被懊惱和悲憤充斥，眼中盈滿了不甘。

沒了布布路他們的阻攔，沙土怪更加肆虐殘暴，身體表面溢出更多的紅色沙土，貪婪地捲住瑟瑟發抖的學生們，一個接一個將他們變成人形石柱。

在一聲聲淒厲而絕望的慘叫聲中，局面徹底失控了！

童話破滅，展開自救

　　怪物的喉嚨裏發出饜足的嗚咽聲，十幾名變成石柱的同學還保持着驚恐的表情。目睹這一幕的其餘上百名學生嚇得一個個呆呆地站在原地，忘了逃跑，也忘記了呼救。

　　「啊——唔！」一塊大石頭後面突然傳來半聲怪叫。

　　剛剛被帝奇劈暈的昆布醒了，他一睜開眼睛，就看見了眼前猶如地獄的一幕。

　　「噓，不要叫！」龍葵飛快地捂住昆布的嘴，然而，昆布的叫聲還是引來沙土怪的注意，一股紅色沙土朝着昆布咆哮而來！

　　龍葵趕緊架起虛弱的昆布拔腿就逃，可昆布實在太胖了，龍葵根本架不動他，兩人剛剛走出幾步，便一起摔倒在地。危急關頭，龍葵毫不猶豫地張開雙臂，用自己的身體護住昆布。

　　「龍葵……」昆布望着龍葵，眼中閃過驚訝和疑問，隨即泛起羞愧的淚水。他剛剛背叛了龍葵，還說出那麼殘忍的話，龍葵卻依然把他當成朋友來保護……

　　眼看着紅沙土就要覆上龍葵羸弱的身軀，一個身影躥過來，用一把鐵鏟奮力將紅沙拍散了——是南星！

　　南星雙眼通紅，朝着不遠處呆若木雞的學生們怒吼道：「你們真的把自己當成沒有思想、沒有靈魂的藥了嗎？難道到了現在你們還沒醒悟過來嗎？還在指望着別人來拯救我們嗎？醒醒吧！不要因為習慣了黑暗就放棄光明，我們可以卑微如塵

土，卻不可扭曲如蛆蟲！在這座鎮上，根本沒有人在意我們的死活，想要活下去，只能靠自己！」

在南星聲嘶力竭的呼喊聲中，學生們彷彿被當頭一棒打醒了，一雙雙迷茫而恐懼的眼睛逐漸有了神采，直到這一刻，他們才認清殘酷的現實。

童話鎮裏沒有童話，他們所擁有的幸福只是假象。

「南星學長說得對，我們要自救！」一個女生舉起瘦弱的手臂，奮力大叫道，「我們要逃出童話鎮！就算外面的世界存在危險，我也想用自己的眼睛去見證，親身去了解！」

「住口！」兩名守衛衝過來想抓住她，卻被兩個男生合力撞開。

其中一個男生憤怒地朝守衛高呼道：「我們不是任人宰割的『藥』，我們要自己選擇未來，我們要戰鬥！」

三名學生相互掩護着，勇敢地朝着偏門跑去。他們的行動感染了剩下的學生，求生的欲望漸漸壓過內心的恐懼，更多的學生行動起來，他們合力對抗前來阻撓的守衛，齊心協力朝着偏門靠近。南星和龍葵也攪起昆布，加入逃亡的大部隊。

看着學生們前赴後繼地踏上求生之路，癱軟在地的布布路一行露出欣慰的笑容。

不過，紅色沙土怪蠕動着身軀，封死了偏門，似乎不打算給學生們一絲機會。

突突突！正當學生們不知所措的時候，一輛改良版鬆毛蟲車冒着黑煙從紅沙中急速開過來，坐在駕駛位上的居然是戴

爾克！他一邊狂踩油門，一邊朝聚集在圍牆前的學生們大叫着：「孩子們，你們都讓開！」

砰！鬆毛蟲車全力撞向圍牆，為大家打開了一條逃生通道。

鬆毛蟲車的車頭被撞得四分五裂，戴爾克一瘸一拐地跳下車，振臂疾呼：「大家快逃啊！」

學生們如夢方醒，爭先恐後地順着戴爾克開出的路，逃出童話鎮。

看着一個又一個的孩子逃出生天，布布路他們心中總算是

生出一絲安慰。

　　然而，布布路他們心中剛剛燃起的希望之火很快就熄滅
了。

　　只聽到牆外突然傳來一陣驚呼，剛剛逃出去的學生們居然
全都退了回來，他們神情惶恐，彷彿看到了無比可怕的景象。

　　一個如幽靈般的白色身影出現在牆那邊，那是一個年輕的
男人，周身散發出冰冷的寒意，在男人右額前的長長劉海上，
有一個醒目的十字標記。

　　「嗷──」巴巴里金獅發出一聲警戒的低吼，布布路一行一眼認出了對方的身份，那是曾經在紅魔鄉和布布路他們打過交道的食尾蛇組織成員──林德！（詳見《怪物大師‧召喚奇跡的使命之書》）

　　天哪，難道隱藏在童話鎮背後的勢力是食尾蛇？布布路四人的心霎時間涼了半截。

絕望的聖城囚籠

MONSTER MASTER 19

新世界冒險奇談
第十六站 STEP.16

看不懂的戰場
MONSTER MASTER 19

出乎意料的救助

「是林德！」布布路不禁叫出聲，林德渾身毫不隱藏地散發著令人顫慄的危險氣息，這讓布布路幾人內心警鈴大作。

「你們也認識林德嗎？」亞克詫異不已。

「此事說來話長，」賽琳娜焦慮地說，「據說他現在是被通緝的食尾蛇組織的成員。」

「在醫療界，林德也是一個恐怖的人物，」亞克的臉色更難看了，輕聲道，「林德十三歲時就取得了行醫證，是有史以來

年紀最小的精英醫生。他曾是醫療界冉冉升起的新星，可後來卻變成恐怖的殺人魔，有關『為一人殺一城』的事，雖然大家都不太清楚細節，但它的確發生過，這說明林德的實力極強，個性也極為殘暴。」

　　跟如臨大敵的布布路他們的態度截然不同的是，梅麗安在見到林德的瞬間，露出了驚喜的表情，喚道：「你來了！」

　　聽梅麗安校長的語氣，她和林德顯然認識！

　　這下子情勢更危險了！一邊是沙土怪，一邊是林德，失去了戰鬥力的布布路他們似乎只剩下任人宰割的份兒！

不行，不能就此放棄！布布路他們硬撐着從地上站了起來，卻個個身形傴僂，腿腳微顫，彷彿下一瞬又會倒下去。

　　林德不疾不徐地走了過來，他沒有理會梅麗安校長，也沒有理會艱難地從地上爬起來的布布路他們，只是抬手輕輕撥了一下長長的劉海。一道刺眼的亮光瞬間閃過，他劉海上的十字標記陡然消失了……

　　布布路猛地打了個激靈，野獸般的直覺讓他感覺四周傳來一股令人窒息的戾氣。

　　地面如沸騰般起伏起來，只見林德的身體緩緩升起，腳下赫然出現了一隻不明底細的怪物！它的體形猶如巨蜥般，背脊

上長着兩隻彎曲的犄角，巨大的嘴巴裏滿是鯊魚牙齒般的尖銳利齒。

引人注目的是，那怪物青白的脖頸內浮出一個眼熟的十字標記，就像是林德劉海上的標記轉移到它身上一樣。

「毛鞠禪，行動吧。」林德居高臨下地站在怪物的頭頂，陰森森地說。

毛鞠禪發出一聲低沉的嚎叫，全身的長毛應聲抖動，五顏六色的閃粉散逸而出，如漫天大雪般，向着搖搖欲墜的布布路他們撲面襲來。

「糟糕！」布布路他們想要躲避，雙腳卻像灌了鉛一般沉重，一步也邁不動。

撲簌簌！命懸一線間，出乎意料的事情發生了——

那些閃粉彷彿長了眼睛般，居然自動繞開大家，目標明確地朝着沙土怪湧去！

轉瞬間，閃粉紛紛黏附到沙土怪的表皮上，彷彿給它鍍上一層亮晶晶的彩妝。沙土怪發出一聲古怪的嗚咽，龐大的身軀轟然癱倒在地，揚起漫天的紅色塵土。

隨後，沙土怪的身體開始劇烈地抽搐，那些包裹着學生們的堅硬岩石也隨之粉碎，學生們獲救了！

戴爾克趕緊帶着南星、龍葵和一些膽大的學生上前，把其他學生拖到相對安全的地方。

躲過一劫的布布路他們絲毫不敢鬆懈，屏氣觀察着林德，警惕的目光中多了幾許疑問。林德竟然讓怪物擊倒沙土怪，解

救凝成石柱的學生？他到底是何來意？難道他和童話鎮上的事沒有關係，只是單純來救人的？

堅不可摧的鑽石攻擊

梅麗安校長比布布路他們更困惑，她瞪圓了眼睛，難以置信地問道：「林德，你在做甚麼？」

林德終於轉向梅麗安校長，他露出一個古怪的笑容，聲音無比冷漠地說：「我在完成十年前的未竟之事！」

聞言，一直道貌岸然的梅麗安校長面色大變，臉上掠過憤怒、悲傷而又痛苦的複雜表情，片刻之後，她深吸一口氣，沉聲命令不遠處那隻伏倒在地的怪物道：「卡姆伊，晶鑽空間！」

轟隆隆！布布路他們耳邊傳來一陣岩石互相碰撞摩擦的聲音，只見卡姆伊的身體如跳動的心臟般一收一縮，使出了跟之前截然不同的一招──

它龜殼般的背部裂開無數缺口，迸濺出有如水銀般的液體，這些液體一接觸到空氣就驟然凝結，形成晶瑩透明的堅固晶體。

隨即，這些鑽石般的晶體從它的身體中如利箭般彈射出來，鋥亮的切面折射出千變萬化的璀璨光芒，如幻影般讓所有人瞬間失去了判斷能力。

布布路他們好不容易才適應了光線的變化，定了定神，再往四周一看，所有人竟然被晶瑩剔透的鑽石林圍困住了，鑽石

的光芒瞬息萬變，讓人頭暈目眩，彷彿置身於一個幻境的牢籠。

賽琳娜敲了敲鑽石，奇硬無比，他們該怎麼脫身啊？

「你們記得龍葵之前告訴我們的事嗎？」餃子苦着臉說，「童話鎮裏有個失蹤的學生被找回來後，像着了魔一般聲稱自己被好多鑽石困住……」

帝奇面色陰沉地接道：「估計他是遭遇了卡姆伊的這一招攻擊，後來梅麗安校長將他帶去醫治時，順勢抹去了他的相關記憶。」

「這傢伙不是物質系的，而是一隻擁有高階技能的元素系怪物……」亞克憂慮地望着不斷射出「炮彈」的卡姆伊，終於明白儘管童話鎮的守衛力量不強，梅麗安卻一直泰然自若的原

因 ——原來卡姆伊才是這裏的最強防衛。

　　不遠處，毛鞠襌輕巧地移動着龐大的身軀，不斷地後退，完美地避開所有的「炮彈」攻擊，破裂的「炮彈」在毛鞠襌的腳邊凝結成密密麻麻的鑽石尖筍林。

　　林德孤傲地俯視着眾人，鎮定地下令道：「毛鞠襌，毀滅之嵐。」

　　毛鞠襌再度抖動皮毛，這一次，它釋放出一種半透明的粉末，這些閃粉轉眼就不見了，彷彿融進了空氣中……

　　與此同時，四周響起一陣悽慘的叫聲。童話鎮上的學生們一個接一個直挺挺地摔倒在地，他們的身體急速消瘦，頭髮也頃刻間變得花白，眨眼就變成和松蒿一樣皮包骨的老人，全身

的皮膚好似老樹皮一樣皺褶叢生⋯⋯

令人一頭霧水的爭論

短短幾秒鐘內，數十名學生爆發了枯槁病，更可怕的是，病情還在迅速蔓延，越來越多的學生痛苦地倒了下去。

「住手！」梅麗安校長焦急地大喊道，「林德，不要摧殘這些學生！」

布布路他們大吃一驚，林德剛才明明從卡姆伊手中救出了學生們，現在卻又對學生們痛下殺手，他到底想要幹甚麼？林德剛剛提到的「十年之前的未竟之事」又是甚麼？

沒人理解作為保護者登場的林德為何瞬

間成了攻擊者，而囚禁大家的梅麗安校長卻向林德求起了情。

　　一時之間，人群更混亂了，在鑽石林的包圍中猶如無頭蒼蠅般四處亂竄，卻不知哪裏才有活路。

　　「大家趕緊遠離下風處！」亞克朝着混亂的學生群急聲大喊。

　　亞克敏銳地發現無色無形，但卻是順子們的。　　毛鞠襌釋放出的粉末雖然着風向飄移，進而感染孩

「大家快往這邊跑！」南星和龍葵趕緊站出來，指揮受驚的學生們照着亞克的命令行動。

梅麗安校長仰頭望着林德，低聲下氣地笑着懇求道：「林德，你有甚麼氣可以衝着我來，請放過童話鎮上的學生。」

「我只是在糾正錯誤而已，這些學生都是不應該存在於世的，就如同你一樣。」林德看向梅麗安校長的眼神透出一絲古怪，嘴角勾起一抹苦澀，輕聲歎道，「如果追溯起來的話，這一切錯誤都是因我而起……」

這又是甚麼意思？布布路他們完全聽傻了，甚麼叫不應該存在於世？難道另有甚麼難言之隱嗎？

「林德，我們曾在紅魔鄉並肩作戰，無論怎麼看，你都是個濟世救人的仁醫啊！我絕不相信你是甚麼壞蛋！」布布路再也按捺不住，扯着喉嚨大喊道，「你為甚麼要傷害童話鎮這些可憐的學生？你和梅麗安校長有仇嗎？」

布布路聲嘶力竭的呼喊終於引起林德的注意，林德看向梅麗安校長的目光一下子變得陰狠無比，他咬牙切齒地說：「沒錯，我和這個女人有着滔天的仇恨，因為，她殺了我的母親！」

四周一片肅穆，所有人都被林德的話震驚了。

「不，不是這樣的！」梅麗安校長的臉一下子僵住了，取而代之的是深深的痛楚，眼角居然湧出點點淚光。她傷心地對林德說：「我沒有殺你的母親，我就是你的母親啊！」

話音落下，四周更安靜了，所有人都被林德和梅麗安校長的對話弄糊塗了。

怪物大師配角大搜索

Q08 他是餃子的王叔，也是北之黎深巷中的鑒寶人，你還記得他是誰嗎？

A. 莫里斯　　　　B. 榮格
C. 查拉　　　　　D. 長平

答案在本頁底部，答對得 10 分，你答對了嗎？

■即時話題■

亞克：布布路，你的怪物狂吃這些鑽石真的沒問題嗎？它不會消化不良嗎？

布布路：亞克叔叔，你放心吧，四不像除了吞過雷石、火石，還吃過炎龍之魂呢，我想它應該可以順利消化的！

亞克：我現在真的很想知道，自從那天我們分開後，你到底經歷了些甚麼？

賽琳娜：餃子，你夠了吧！不要跟在巴巴里金獅屁股後頭偷偷撿它刨下來的碎鑽好嗎？！

餃子：大姐頭，這是千載難逢的機會啊，而且我正從內心運功，給巴巴里加油鼓勁，希望它能衝破現在虛弱的貓爪狀態，重回威武的獅爪狀態！這樣我們就可以打碎鑽石尖筍林逃出去了！

帝奇：閉嘴，我家的巴巴里才不是貓！

餃子：嗚哇，怎麼回事啊？碎鑽都變灰了，嗚嗚嗚⋯⋯

賽琳娜：藤條妖妖，麻煩用藤條塞住你主人的嘴巴！

完成這個測試後，你可以判定自己參與的怪物大師配角大搜索行動是否成功了。

測試答案就在第十九部的 241 頁，不要錯過喲！

NOW, 配角大搜索全面展開！！！

就算不曾擁有主角光環，就算出場次數屈指可數，可對於熟讀《怪物大師》的讀者來說，他們依舊是耳熟能詳的存在！

MONSTER MASTER

絕望的聖城囚籠
MONSTER MASTER 19

新世界冒險奇談
第十七站 STEP.17

悖德的罪與罰
MONSTER MASTER 19

惡之源起

　　林德說梅麗安校長殺了他的母親，梅麗安校長卻說她就是林德的母親，雙方各執一詞，所有人一頭霧水。

　　林德定定地看着梅麗安校長，眼中充滿厭惡，提高音量說：「沒想到一直到今天，你依然執迷不悟。既然如此，不妨讓我幫你回憶一下往事，也讓你製造出來的這些『藥』認清你的真面目！」

　　在布布路他們和童話鎮的學生們疑惑的目光中，林德冷冷

地說起那段塵封多年的往事——

　　林德的母親梅麗安是一名醫術高超的醫療怪物大師，打從林德記事起，母親就每天滿臉倦容地忙着給別人治病。但醫者卻不能自醫，梅麗安先天免疫細胞功能不全，成年後她體內的器官抵抗不了任何病菌的侵蝕，最終，她將因全身器官衰竭而死，壽命只有正常人的一半。

　　所以，林德從小就立志成為一名比母親更出色的醫生，治好母親的病。

　　十多年前，少年林德從怪物大師培訓基地畢業，一邊行醫，一邊心中有了一個驚人的計劃——他要創造出可以替換的人體器官，讓母親活下去。

　　梅麗安卻不贊同林德的計劃，認為生命應該尊重自然規律。因為器官無法憑空創造，而複製生命體的行為早已被嚴令禁止了。

　　可林德無法眼睜睜地看着母親的身體越來越差，他下定決心，不能讓唯一的親人死去。

　　不久後，林德瞞着梅麗安，在琉方大陸中部沙漠地區建立了一座祕密實驗室。在沙漠中，林德無意中救下了剛剛逃出巴勒絲的少年奇摩，奇摩飢渴交迫，孤苦無依，但卻非常聰明，尤其對醫學知識有着巨大的熱情和渴望。林德看中了奇摩的天賦，更看中了奇摩生性自由，不受倫理教條束縛的特點，於是，奇摩成了林德的助手。

林德帶着奇摩一起研究起細胞的複製技術，這是複製人體器官的前提。當他們的技術小有成效之後，林德偷偷啟用了母親的元素系怪物——薩赫勒，薩赫勒的能力是提取各種物質中的碳元素並進行重組。除了金剛石和石墨這種純淨的碳之外，碳在自然界中無處不在，而人體其實也是碳基生命。但人類之所以能具有生命，是因為人體內還有其他六十多種元素。為了挽救主人的性命，薩赫勒全力配合林德的改造，林德的實驗大獲成功，他將醫學和煉金術結合起來，令薩赫勒具備了快速複製人體細胞的能力，並將它改名為卡姆伊。

　　卡姆伊也就是「魔神」的意思，林德知道卡姆伊將成為創造生命的「魔神」。

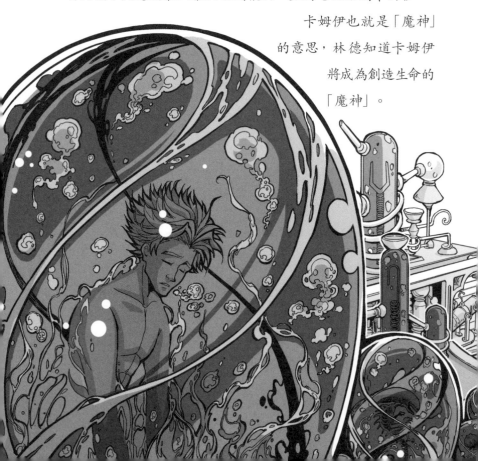

接下來，林德開始嘗試着將複製出來的細胞培養成人體器官，然而一開始培養出的器官並不穩定，由於缺乏合適的人體環境，單獨的器官很容易發生細胞萎縮，失去功能。為提高器官的成活率，林德不得不模擬人體環境的相互循環、相互補給，複製出更多的人體器官。最終，他為了複製出一個完美的器官，不得不複製出一整個人，也就是一個具有生命和思想的複體。

　　即便如此，複體還是存在極大的報廢率，也就是百分之五十的枯槁病發病率。

　　第一個被完整複製出來的人是奇摩。一直以來，為了報答林德的救命之恩，奇摩都全心全意地投入到複製人的研究中，竭盡全力去協助林德。但當奇摩看到浸泡在冰冷容器中那個和自己一模一樣的複體時，內心不禁閃過一抹震撼和困惑。

　　奇摩忍不住問林德：「他不是我，對吧？但他也是一個生命嗎？如果將來為了救我，而不得不犧牲他，我們的行為算是殺人嗎？」

　　奇摩的心中產生了動搖，可惜林德一心沉迷於拯救母親的生命，完全忽略了奇摩的心情……

　　林德全力以赴地投入到攻克枯槁病的研究中，不久，他們製造出一種細胞穩定劑，只要每日服用，就可以穩定細胞，將枯槁病的發病率降低到百分之五。

　　複製人技術越來越成熟和完善，實驗基地也越來越龐大，除了林德和奇摩之外，基地裏已經有了上百個複體，林德迫不及待地開啟了最終的實驗——複製梅麗安。

　　終於，林德複製出堪稱完美的梅麗安複體。當複體在培養皿中緩緩地睜開眼，與林德四目相交的一瞬間，林德心中湧起一陣狂喜，但隨即，他又感到一絲古怪，因為複體的目光竟是那麼溫柔、慈祥，充滿憐惜和愛意，簡直和梅麗安本人看林德的眼神一模一樣。

　　複體只不過是用來救助本體的「藥」而已，他們怎麼會具備本體的情感和思想呢？林德自嘲地搖搖頭，不再去看那具「藥」。

林德並沒有注意到，當他充滿不屑地轉過身時，梅麗安的複體眼中，居然閃現出深深的失望和悲傷……

以罪制罪

林德示意奇摩，讓梅麗安的複體離開培養皿，並給予她一定範圍內的活動自由。因為適當的運動能提高複體的免疫能力，增進其肌肉和血液的活力，為本體提供更健康的器官。

林德萬萬沒想到，他為了救治母親而千方百計才製造出來的複體，卻最終造成了母親的死亡。

那個時候，梅麗安全身的器官都逐步壞死，不能再行醫救人了，她終日纏綿病榻，長時間處於昏迷狀態。

誰也不知是在甚麼時候，梅麗安的複體知道了本體的存在，也知道了自己存在的悲壯使命。沒人知道梅麗安的複體經歷了怎樣的思考。有一天，她突破重重障礙，闖進梅麗安的臥房，掐死了彌留的梅麗安。

當林德趕到現場時，母親已經回天乏術。

梅麗安的複體一臉無辜地站在梅麗安的床頭，溫柔地看着林德說：「親愛的兒子，從此以後我可以跟你一起活下去了……」

這分明是林德每日鼓勵母親要活下去的話！

巨大的悲傷和憤怒令林德額頭上青筋暴起，他絕沒料到，複體居然會具備本體的思想，並扼殺本體，取而代之！

直到那一刻，林德終於意識到自己的錯誤，他不應該涉及這項禁術，他必須要停止這個可怕的項目，否則，會有更多難以預想的傷害發生！

　　林德想要親手毀掉梅麗安的複體，然而，卡姆伊撲了過來，不顧一切地護住梅麗安的複體。多年來，經過林德的改造，卡姆伊的體形和力量都得到了增強，更令人心驚的是，它居然將梅麗安的複體視作自己的主人！

　　林德不禁仰天長笑，母親已經死去了，連卡姆伊也淪為了複體的怪物，它和那個扼殺了母親的複體一樣，都是應該被消滅的「魔神」！

　　他發瘋般衝進實驗基地，引爆爆破晶石，毀滅了基地內

所有的複體，甚至遷怒於其他動物和怪物⋯⋯

之後人們在附近發現了大量駭人的屍體，因為複製人是禁止項目，怪物大師協會立刻對現場進行了清理，並且封鎖了消息，但林德「為一人殺一城」的傳言仍然不脛而走，只是傳言變成了屠殺了一千隻怪物。從此林德被怪物大師管理協會通緝，成為令人聞風喪膽的殺人魔。逃亡的林德在機緣巧合之下加入了食尾蛇⋯⋯

最近，女王陛下告訴他，藍星上有些貴族富豪的兒女患有不可治癒的疾病，被安排到一個叫童話鎮的地方醫治，從童話鎮回來之後，他們奇跡般地恢復了健康。湊巧的是，童話鎮就位於琉方大陸的中部沙漠地區。

女王讓林德負責調查此事，並暗示此事很可能與複製人有關係。

林德潛入沙漠地區展開調查，鹿丹城的古怪疫情很快引起了他的注意。經過調查，林德發現鹿丹城附近的其他城

市近些年也曾出現過類似的疫情，只不過爆發時間都相隔數年，很容易被人忽略。

林德知道這絕對不是巧合，當年為了製造細胞穩定劑，實驗基地附近的許多沙漠動物和遊牧部落成員都病倒了，因為卡姆伊吸收了他們的健康細胞。

鹿丹城內的疫情很有可能是卡姆伊所為。因為健康的細胞被吸走，體質較弱的老人和兒童最先病倒，之後就是健康的人。但卡姆伊為了不暴露自己，肯定會在城內大亂之前收手，就和之前幾次一樣。為了查證，林德去了鹿丹城。

鹿丹城的古怪疫情終於真相大白！一切都是梅麗安校長的怪物卡姆伊所為，那些被病痛折磨的百姓，皆是遭遇了無妄之災。

「是我們害了鹿丹城的百姓嗎？」龍葵的表情痛苦又糾結，他目睹了鹿丹城內病人們的痛苦，也親眼看到亞克等醫生是如何拚命地拯救病人的。原來整場疫情的罪魁禍首，正是他們這些複體！

「龍葵，不要自責，造成這些的不是你們，是那些因為自私的情感而迷失了自我的傢伙！」亞克安慰着龍葵，他話語中帶着憤怒，「是他們打開了罪惡的潘多拉之盒！」

布布路他們也用眼神傳遞着同樣的心情。唯一令他們意外的是，梅麗安校長竟然也是複體，可是作為複體，她不是應該最為理解複體的心情嗎？又為何要建立童話鎮，製造更多的複體，造成更大的悲劇呢？

絕望的聖城囚籠

MONSTER MASTER 19

新世界冒險奇談

第十八站 STEP.18

扭曲的心

MONSTER MASTER 19

順勢而行的復仇計劃

　　真相令人震驚，氣氛凝重得讓人喘不過氣來，悲傷、痛苦、憤怒、遺憾，各種情緒在人們臉上交錯而過⋯⋯雖然「為一人殺一城」是林德在彌補自己曾經犯下的錯誤，可即便這些複體的誕生是一場錯誤，他們畢竟是一條條鮮活的生命，怎能隨意殺害？布布路他們無法認同林德的做法。

　　「不用說，在鹿丹城殺死奇摩的兇手也是你，對吧？」亞克目光凌厲地質問林德，臉上難掩怒意。

「沒錯，是我，不過那個人不是奇摩，只是奇摩的一個複體而已。」林德坦然承認道，「到鹿丹城後不久我發現了奇摩的蹤跡，我心裏暗暗奇怪，奇摩在離開實驗基地後，明明加入了骨槍團，照理說不該在外面拋頭露面，怎麼來了鹿丹城？是為了拯救這裏的病人，還是和複製人的重現有關？無論甚麼原因，我都要見奇摩一面，就當是老朋友敍敍舊也好。可惜，在旅館的客房裏跟他一接觸，我立刻發現他的性格和奇摩完全不同。原來，當年基地被我毀滅的時候，奇摩居然暗中放走了他的幾個複體。

呵呵，這的確像是那傢伙會做出來的事。自從他看到自己的第一個複體，就對複體產生了憐憫之心……」

　　林德的眼中流露出幾分懷念，但很快又變得冷漠起來，輕嗤道：「我和奇摩不同，我對複體沒有同情心，只有仇恨和必須消滅他們的使命感，所以我毫不猶豫地解決了那個複體。之後，我動身來到了童話鎮。」

　　「難怪那個『奇摩』在看見龍葵的時候沒有任何反應，原來他並非來自童話鎮，」餃子若有所思地分析道，「在黑胡椒餐廳，『奇摩』之所以會倉皇離開，是因為他無意中發現了他的製造者，也是之前那座基地的毀滅者——林德，他懷疑林德的出現與鹿丹城的疫情有關，但他對林德有些忌憚，

所以決定連夜離開，去那座在被毀滅的基地基礎上建立起的童話鎮調查，沒想到還沒動身，林德就找上門來了……」

「即便他們是被創造出來的複體，也是生命，被你視如草芥、隨意消滅的那個奇摩複體是我多年的朋友啊！你身為醫生，怎麼能對生命如此不尊重？」亞克再也忍不住了，聲音陡然抬高，扯下臉上的偽裝，激動地吼叫道。

「經歷過母親的事後，我已經不知道要怎麼去尊重複體了，他們的存在總有一天會威脅到本體，甚至更多的人類，童話鎮就是最好的證明。」林德厭惡地看着因為害怕而瑟縮在一起的學生們，「為了維繫這些複體的健康，鹿丹城的百姓付出了沉重的代價。童話鎮地下連接着四通八達的暗河，與鹿丹城的地下水系相通，卡姆伊正是利用地下暗河往來鹿丹城，吸取鹿丹城內百姓的健康細胞的。」

賽琳娜背脊發涼地回憶道：「在抵達鹿丹之前，我們曾經在沙漠裏看到過紅色的流沙坑，那就是移動的卡姆伊。」

「幸好我們躲過去了，不然估計也會被吸走健康細胞。」餃子後怕地嘀咕。

「可是，不管你說出多少個理由，你的所作所為都不過是以惡制惡、以罪制罪而已！」帝奇毫不留情地指責林德道。

「哼，習慣了黑暗的人不會為黑暗辯解，也不會要求其他人認同，我只會做自己認為對的事！」林德不屑地說。

在林德說話的過程中，梅麗安始終動情地凝視着他，似乎有千言萬語想要傳達，但欲言又止。

　　這一刻，她彷彿下定了決心般，走上前，痛心地說：「親愛的孩子，原來你一直都沒有放下仇恨，你來到童話鎮，是想讓十年前屠城的悲劇再度上演嗎？既然如此，你為甚麼不在一見面的時候就對我下手？」

　　「孩子？我說過不准你這麼叫我！」林德冷漠地回應道，「在童話鎮再次見到你，我的心裏充滿意外，沒想到你居然還活着，想必十年前，當我啟動了安置在實驗基地裏的爆破晶石時，卡姆伊必定拼盡全力護下了你和一部分複體。我看着你，就像看着自己犯下的罪，的確很希望你從世界上消失！可你卻惺惺作態地告訴我，你為了實現我的理想，在炸毀的基地之上修建了這座童話鎮。你的愚蠢和不自量力簡直令我作嘔，那座基地害死我的母親，毀了我的人生，你卻說那是我的理想！不過……」

　　林德將視線投向布布路他們，臉上浮起一絲詭異的笑容。「我並沒有立即對這個可悲的複體下手，因為我想，有幾位『老朋友』很快就會順藤摸瓜地來到童話鎮，我不妨留在這裏等他們……」

　　布布路他們面面相覷，林德留在童話鎮是為了等他們？

生而為母

　　「半個月前，當我在鹿丹城門口看到你們四個時，就想將你們引來童話鎮，因為女王陛下對你們很有興趣，我個人也是

如此。」林德意味深長地對布布路他們說,「在我得到的眾多情報裏,有一條是宇都家族的繼承人即將前往童話鎮治療。但出現在鹿丹城門口的少年顯然不是宇都真,因為從他身上,我看不到將死之人的病態,但他又和宇都真長得一模一樣,那麼唯一的可能就是,他是宇都真的複體。」

「於是我利用毛鞠禪的能力,故意讓那少年血管爆裂,使得你們和他有了接觸。只是這樣還不夠,要指引你們來童話鎮,必須還要有更有力的理由,在我消滅了奇摩的複體後,童話鎮終於成功引起你們的注意。自從你們踏入童話鎮後,我一直通過無處不在的雙面鏡暗中觀察着你們,目的就是為了得到女王陛下想要的東西。」

「女王陛下?你是指食尾蛇的……」布布路他們心中警鈴大作,關於建立食尾蛇組織的女王陛下,他們實在有太多疑問了,她是怎樣的人?有甚麼目的?又想從他們身上得到甚麼東西呢?

然而布布路沒來得及詢問,梅麗安校長就打斷了他。

她疾步朝林德靠近了兩步,急切地向他辯解道:「我的孩子……不,林德,我從來沒有刻意想要取代你的母親的位置,而是從我誕生的那一刻起,就擁有着本體的記憶和思想,就是作為一個母親而誕生的。也許你不能理解,但在我心裏,我就是你的母親,你就是我的兒子啊……可是後來,我發現了自己的身份,也知道了自己存在於世的『使命』……曾經,我想要滿足你的願望,只要你能開心,我願意將我的器官乃至整個身

體全部貢獻給梅麗安。可是，當我看到你和梅麗安的互動，我的內心竟然產生了難以名狀的嫉妒之情，雖然我不是真正的梅麗安，但我對你的愛並不比梅麗安少啊，而且我和梅麗安沒有任何區別，我甚至比她更健康，更具有活下去的希望，為甚麼陪在你身邊的人不能是我呢……」

十年來的心酸和委屈一股腦兒湧上心頭，梅麗安校長的淚水一滴一滴地落在地上。她哽咽着痴痴地對林德說：「不久後，我發現我也能跟薩赫勒進行心靈連接，薩赫勒並沒有把我當作沒有生命的複體，於是，我情不自禁地萌生一個想法 ── 本體和複體是沒有區別的，我們擁有同樣的靈魂，因此怪物也能將我視作主人。既然如此，為何我不能做你的母親呢？與其冒着風險犧牲複體來救本體，直接讓複體代替本體活下去不是更好嗎？這樣的想法越來越強烈，越來越迫切，終於有一天，我闖進了梅麗安養病的臥房……」

「夠了！」林德厲聲打斷梅麗安校長的話，他的眼中充滿痛楚，再也不想回顧母親死亡的那一刻了！

梅麗安校長彷彿從夢中驚醒般，再次看向林德，她的目光依然是熱切的、充滿溫情的，甚至臉上還帶着一絲滿足的笑意：「林德，雖然當年你對我痛下殺手，但我並不恨你，不管你如何看待我，在我的心裏，你永遠都是我的兒子。經過這麼多年，我終於想通了，其實本體和複體的區別，並不在於其本身，而是在於社會對他們的認識和態度。當人們願意承認複體的價值時，複體就將與本體獲得同樣的尊重，而當複體的價值

超越本體時，兩者的位置便會顛倒過來。」

　　「因此，作為一個複體，我想要獲得認同，成為一個真正獨立並受到尊重的人，首先要做的是實現自我的價值，獲得社會的認同。因此我利用被炸毀的基地上遺存的東西，在卡姆伊的幫助之下，修建起童話鎮，又找回了幾個當年被奇摩放走的複體，利用細胞穩定劑要挾他們，重啟了複製人計劃。在我的大力奔走下，這個計劃得到許多貴族和富豪的支

持，其中也包括了宇都家族。他們不惜散盡家產，甚至低聲下氣地哀求我，要為自己的親人贏得一線生機。我終於不再是醫療系怪物大師梅麗安的複體，而成了童話鎮的校長，無數複體孩子所依賴和敬愛的母親。」

「我終於擁有了自我！我已經證明了自己是被這個社會需要的，可是我的內心還是很空虛，因為我心底最想要的始終是你的認可。我想見你，又害怕你無法原諒我，因此再次見面時，我絞盡腦汁地討好你，想要證明我對你的愛和思念。我幻想着，總有一天，你能因此而回心轉意，接受我這個母親。」

梅麗安校長神情痴惘地歎道：「孩子啊，當你再次出現在我面前的時候，你知道我有多高興嗎？可惜，你依然恨着我，

僅僅想要利用我而已……所以說，明明知道結果卻心存希望，反而更加殘忍啊……」

說到最後，梅麗安校長掩面痛哭，那是一個母親所能發出的最傷心欲絕的哭聲。

布布路他們和所有的學生都靜默地看着梅麗安校長，神情充滿悲哀，唏噓不已。

梅麗安校長曾經的命運值得同情，但如今卻由被害者變為了加害者，她親手製造出這麼多無辜的複體，並用一個童話般美麗的外殼，殘忍地將這些天真爛漫的少年圈養在其中。她對複體們的一切關心和呵護都源自自身被扭曲的心意，只是在創造更多的不幸而已。

周圍的數百名學生此刻也如醍醐灌頂，徹底清醒過來……這樣的梅麗安校長已經不再值得同情，她的雙手沾滿複體們的血淚，昔日那顆純潔的慈母之心，已經被自私和殘忍的欲望玷污……

怪物大師配角大搜索

Q09 威爾榭基地是在兩百年前創立的怪物大師培訓基地,你還記得它的創始人叫甚麼名字嗎?

A. 南登‧威爾榭　　　　B. 能登‧威爾榭

C. 索納比‧威爾榭　　　D. 科里森‧威爾榭

答案在本頁底部,答對得 **10** 分,你答對了嗎?

■即時話題■

賽琳娜: 我真不想評論梅麗安校長和林德這對母子……他們的故事太「曲折」了,真虧作者想得出來!

餃子: 這麼說起來,這算是作者第一次全面塑造一個母親的角色吧!想想布布路那尚且不知道存不存在的媽媽,我的媽媽至少曾經出場過一個小片段。啊,在這點上我居然贏了擁有主角光環的布布路,哈哈哈,內心真是有點小驕傲呢!

賽琳娜: 我媽在我的主場本裏打過醬油。

帝奇: 我媽也是。

布布路: 我有件事想告訴大家,其實我媽媽很神祕,一點都不輸給我爸爸,所以作者答應讓我媽媽以單本主場的方式與讀者見面……嗯,作者說了,這是屬於我們一家的主角光環!

三個同伴: ……

亞克: 布布路,他們好像不想和你說話,「烏雲罩頂」地走開了。

完成這個測試後,你可以判定自己參與的怪物大師配角大搜索行動是否成功了。

測試答案就在第十九部的 241 頁,不要錯過嘜!

NOW,配角大搜索全面展開!!!

『怪物大師』的讀者來說,他們依舊是耳熟能詳的存在!

就算不曾擁有主角光環,就算出場次數屈指可數,可對於熟讀

MONSTER MASTER

絕望的聖城囚籠

MONSTER MASTER 19

新世界冒險奇談

第十九站 STEP.19

破碎的童話
MONSTER MASTER 19

拼盡全力的營救

「小心！風向又變了！」餃子面具下的天目感到隱隱發痛，他打斷了梅麗安校長悲痛的啜泣聲，高聲提醒道，「大家快往西南方向跑！」

本來就如同驚弓之鳥的學生們一下子騷動起來，驚慌失措地往西南方跑去。雖然他們拼盡全力，落在最後方的學生還是不幸中招，慘叫着摔倒在地，枯槁病像瘟疫一樣迅速吞噬了他們的身體⋯⋯

倉皇奔逃的人群中，唯有梅麗安校長一動不動，她靜靜地站在原地，枯槁病的症狀悄無聲息地蔓延，她的身形開始佝僂，頭髮變得花白……

即便如此，她的表情卻是那麼安詳恬靜，彷彿她所等待的並非死亡，而是宿命的那一刻！她的目光追逐着林德，幻想着能在生命終結之前，得到兒子的接納。

林德看也不看梅麗安一眼，目光冰冷地對着學生們殘忍地笑道：「別浪費力氣了，沒有人逃得了！」

透明的粉末看不見，摸不着，更無從抵抗，越來越多的學生倒下了，地面上到處是蜷縮成一團的乾癟軀殼，學生們的腳步漸漸變慢了，所有人的臉上都寫滿疲倦和絕望……

只有梅麗安忠心的怪物卡姆伊挪動着笨重的身體來到她的面前，為她擋住毛鞠禪具有毀滅力量的粉末。

不知道是不是因為卡姆伊遭到侵蝕，它所製造的晶鑽空間開始搖搖欲墜。

「哇噢噢噢噢！」趁此時機，布布路發出一聲喊叫，瞬間爆發出驚人的力量，凝聚在他周身的鑽石居然被他生生掙裂。隨後，布布路高舉金盾棺材，奮力砸向餃子他們周身的鑽石。

轟轟轟……

在一陣震耳欲聾的炸響聲中，裹住餃子他們的鑽石全被砸碎，餃子他們顧不得被震得發麻的身體，立刻召喚出怪物開始行動。

「吼──」巴巴里金獅撐開巨大的獅口，發出一記威力巨

大的獅王咆哮彈，將瀰漫在偏門四周充斥着枯萎藥粉的空氣吹散。

「龍葵，南星，你們倆組織學生們趕緊從偏門逃出去！」賽琳娜大喊。

滿頭大汗的龍葵和南星看着這四個年齡比他們還小的孩子竟然如此勇猛果決，一副勢不可當的氣勢，也受到了鼓舞。兩人疲憊的身體裏再度湧出力量，他們立即行動起來，將受驚過度的學生們組織在一起。

昆布跟在龍葵身後，也積極配合着幫助身邊的人，在他們

的帶領下，一些染上了枯槁病，但還能走路的學生也被攙扶起來，上百名學生迅速向着偏門撤離。

「誰也別想逃！」林德一聲大喝，毛鞠禪開始移動方向，朝學生們追去。

嗖！不遠處的一根鑽石柱上，焰尾貓長尾一甩，一道赤紅的熱焰彷彿一條遊走的火蛇，朝着站在毛鞠禪頭上的林德呼嘯噴出。林德急忙後退數步，躲開火蛇攻擊。

還沒等林德站穩腳跟，便聽賽琳娜一聲令下：「水精靈！強力水柱！」

一道水桶粗的強力水柱射向林德，林德居然沒有躲，只是

用腳尖在毛鞠禪頭上輕輕一點。

如鋼柱般急速噴射的強力水柱在半空中凝固了一秒，居然失去凝聚力，嘩啦啦地灑了一地。

來不及多想，布布路焦急地大喊：「四不像，十字落雷！」

「布魯——噗——」四不像瞪着銅鈴眼怪叫數聲，連續吐出數道紫色的雷光，兇猛地劈向林德。

就在雷光球即將撞向林德的瞬間，刺眼的雷光一下子急速熄滅，變成幾縷微小的火苗，在空氣中有氣無力地飄散。

「吼——」「唧唧——」巴巴里金獅發出一聲驚天動地的怒嘯，掀起的氣流如怒浪般翻湧着，捲着藤條妖妖發射出的無數藤刺，一股腦兒地噴向林德。

然而，這密集而猛烈的「藤刺風暴」，又在半途中潰不成軍，獅吼的風勢驟然消失，密密麻麻的藤刺像頭皮屑一般撒了一地……

毛鞠禪的能力

四個預備生的攻擊都被林德以不可思議的方式化解了，但大家依然卯足了力氣，持續發出一波又一波的攻擊。

他們明白只要能牽制林德，學生們就能安全撤離。

餃子一邊令藤條妖妖發出密集的藤刺雨，一邊對伙伴們說：「如果我判斷無誤的話，林德的怪物毛鞠禪具備的應該是『削弱』的能力。之前我們突然動彈不得，是因為身體機能被

削弱了。而在書中世界時，林德之所以能救下那些身中潘多拉病毒的人，也是因為削弱了病毒的威力。」

「你分析得很有道理，」亞克讓焰尾貓配合着四不像製造出落雷火圈圍住毛鞠禪，補充道，「理論上，只要病毒被削弱，人體內的抗病毒細胞就能將之吞噬殆盡。」

「林德讓毛鞠禪對付卡姆伊時，我們漸漸地恢復了體力，這說明毛鞠禪的能力應該是有時間限制的。」帝奇也說出自己的見解。

亞克腦中靈光一閃，讚許地說：「你們說得沒錯！毛鞠禪剛才釋放出的透明藥粉，表面上看起來是將百分之五的枯槁病發病率提升到百分之百，但從另一面也可以說是一種力量的削弱，它實際上是削弱了人體的免疫力，讓枯槁病細胞吞噬了健康細胞。」

「我也注意到一點。」賽琳娜茅塞頓開地說，「對付卡姆伊時，閃粉準確地繞過了我們，說明毛鞠禪是可以控制閃粉的攻擊方向的。當時我們距離林德十米左右，卡姆伊距離林德二十米左右，學生們距離林德五十米左右，但當我們提醒學生們移到上風處後，林德並沒有讓毛鞠禪再用閃粉去追擊學生們，這或許說明毛鞠禪的攻擊是有距離限制的，只能借助風的推動力。」

啪啪啪！

聽到幾個預備生頭頭是道地分析出毛鞠禪的怪物能力，林德突然鼓起掌來，毫不掩飾地誇獎道：「女王陛下看中的人

果然不錯。能夠在短時間內掌握對手的信息，挖掘出對手的弱點，然後制定出有效的反擊戰術，不愧是一支既有腦子又有戰鬥力的隊伍。作為怪物大師預備生來說，你們已經很了不起了，但是……」

林德語調一轉，露出一個危險的笑容，輕緩地問道：「你們有沒有想過，萬一這些破綻都是對手故意露給你們的呢？」

布布路他們心裏咯噔一下，預感到不妙，可是來不及了，只見毛鞠禪全身的皮毛好像刺蝟般猛然張開，一瞬間，無數閃粉從長長的毛髮下噴薄而出，向整個童話鎮蔓延。

鋪天蓋地的削弱閃粉如同致命的毒藥，猝不及防地包裹住每一個人，每一隻怪物，順着呼吸道和每一個毛孔，侵入肌肉和血液中。

一時間，童話鎮內哀號聲四起，學生們像多米諾骨牌一般倒下，可怕的枯槁病瘋狂地蔓延，布布路他們和怪物們的體力也再度被抽走，不甘心地癱倒在地。

「呃……」賽琳娜的雙臂隱隱浮現出一段段淡藍色的銘文，她想要催動體內的「水之牙」之力，可那些銘文卻不如往日耀眼，閃爍兩下後，便像被澆滅的火花般消失了。

「我勸你還是省省力氣吧，」林德對大家的招式似乎了然於胸，他漠然地看着賽琳娜，「在體力被嚴重削弱的情況下催動內力，只會把你猶如脆弱沙堡般的身體徹底摧垮。」

四周一片死寂，漫天的閃粉反射出詭異的色彩，將每一個人周身映得光怪陸離，然而卻沒有一個人再發出一絲聲音。所

有學生都靜靜地倒在地上，萬念俱灰，絕望地等待着死亡的降臨……

但這份安靜並沒有維持太久，很快，有人發出了詫異的聲音，他們並沒有死去，枯槁病也神奇地終止了！大家瞪大眼睛，驚奇地打量着彼此，每個人和每隻怪物的身上，都包覆着一層晶瑩剔透的水膜。

最後的愛與歎息

水膜就像一個個透明的小房間，隔離了閃粉的侵蝕，大家失去的體力也重新恢復了。

這一刻，孩子們感受到了生命是何其珍貴，知道了死裏逃生到底是甚麼樣的感覺。

「大姐頭！」就在所有人紛紛從地上爬起來的同時，賽琳娜卻倒下了，布布路、餃子和帝奇痛心地撲上去，扶住她。

原來，賽琳娜不顧林德的警告，用盡所有的力量，雖然沒能降下治癒之雨，卻讓水精靈給每個人和每隻怪物身上都加了一層蘊含着水之牙力量的水膜，讓他們免受削弱閃粉的侵蝕。

在三個預備生的呼喚中，賽琳娜勉強回過一口氣，面色卻蒼白如紙，渾身的衣服都被汗水浸透了。死裏逃生的學生們充滿感激地看着四個預備生，同時也用憤怒的目光看向林德。

林德不怒反笑，輕盈地從毛鞠禪頭頂躍下，讚賞地對賽琳娜說：「我很欣賞你頑強的意志力和傑出的表現，但是很遺

憾，這已經是你們的極限了，卻只是我的第一輪攻擊而已，接下來的第二輪攻擊，將是童話鎮的末日！」

末日？！這個詞前所未有地真實降臨了！林德的話讓所有人的心頭再次蒙上死亡的陰影。就在這時，一道身影露出了拼死一搏的決絕表情，他舉着一把匕首出現在林德身後，一步接着一步地向林德靠過去。

林德目光一閃，顯然注意到了背後鬼祟的身影，但他卻不動聲色，若無其事地靜待時機，準備在對方出手的時候，再一舉

將其擒獲。

　　然而還沒等林德出手，一個枯瘦的身軀突然奮不顧身地撲上來，毫不猶豫地張開雙臂擋在林德身前，鋒利的刀尖刺穿了那個人乾癟的身軀……

　　「梅麗安校長！」握着匕首的南星難以置信地驚呼，臉上沒有一絲血色，語無倫次地說，「我，我只是想終止這一切，並不想殺人……啊！」

　　南星未盡的話以一聲慘叫作為收尾，他被林德一掌擊中，身體被甩飛了出去，重重地摔落在地……

　　而梅麗安瘦弱得好像紙片一樣的身體軟軟地倒了下去，林德下意識地一手接住她。

　　梅麗安眼中浮現出一層薄薄的霧氣，難以想像如此虛弱的她剛才居然有着驚人的爆發力，不顧一切地用自己的身軀護住林德。

　　「兒子，我的兒子……」梅

麗安艱難地伸出手，想摸摸林德的臉，但她覺得他是那麼遙遠，彷彿是自己自不量力地想要去摘取天際的星辰。就在她的指尖快要碰觸到林德的臉頰時，她的眼眸驟然間失去了光彩，變成灰蒙蒙的一片，嘴角卻漾起一抹淺淺的笑意，輕聲歎息道：「兒子啊，你的懷抱真溫暖，媽媽感覺很幸福……」

　　梅麗安的呼吸戛然而止，乾瘦的手臂軟軟地垂落。

　　卡姆伊在她身後發出一聲尖銳的長嘯，龐大的身軀陪着它的主人一起轟然倒下，結束了它堪稱傳奇的一生。

　　林德定定地看着梅麗安校長逐漸變成死灰色的面容，一瞬間，他的身形彷彿蒼老了十歲。

　　毛鞠禪發出痛心的哀鳴，化成一道金色的光芒，鑽進林德額前長長的劉海裏，霎時間，劉海上再次出現了一枚十字標記。

　　靜默許久之後，林德終於抬起頭，他的臉上沒有一絲表情，眼神空洞地看着布布路他們，輕聲說：「複體是沒有繁殖能力的，卡姆伊死後，將再也沒有健康的細胞源，枯槁病隨時會發作，不需要我動手，這些複體就會迅速自動消亡。」

　　說完，林德抱起梅麗安的屍體，一步一步走出童話鎮，蕭索的身影逐漸消失在茫茫的沙漠中……

絕望的聖城囚籠
MONSTER MASTER 19

新世界冒險奇談

第二十站 STEP.20

勇敢地活下去
MONSTER MASTER 19

東 心齋裏的久別重逢

在卡姆伊和毛鞠禪的數輪攻擊之下，童話鎮滿目瘡痍，鬱鬱葱葱的植物全部枯死，一棟棟建築被侵蝕得殘缺不全，森嚴的高牆更是千瘡百孔。

肆虐的沙粒順着高牆的破洞灌進來，用不了多久，這座曾經如同夢幻一般的小鎮，就會如同海市蜃樓一般消失，被茫茫的沙漠吞噬殆盡……

龍葵和昆布攙着被林德打傷的南星，他們和劫後餘生的學

生們茫然地矗立在猶如墓地一般的廢墟中。失去了童話鎮的庇護，他們不知道接下來該何去何從，一道道無助的目光投向布布路一行。賽琳娜趴在布布路背上，虛弱地說：「卡卜林毛球在這裏沒有信號，我們先帶着學生們去鹿丹城吧。」

途中，四個預備生用卡卜林毛球聯繫了獅子曜委員長，將童話鎮發生的事情如實做了匯報。

卡卜林毛球另一端安靜了幾秒後，獅子曜沉穩的聲音傳過來：「這件事最好不要在管理協會留案，知道這件事的人越少，這些學生就越安全，我會盡力幫你們壓住風聲。至於這些學生的去向，我給你們的建議是 —— 小隱隱於野，大隱隱於市。」

說完，獅子曜果斷地中止了對話。

「委員長的話是甚麼意思？」布布路一頭霧水地問大家，可惜餃子三人也沒頭緒。

亞克若有所思地望着近在眼前的鹿丹城門，提醒道：「我們不妨先進城去找宇都真，也許他有辦法為這些學生提供一個安全的庇護所。」

布布路他們眼前一亮，宇都家族富可敵國，宇都真又樂善好施，他一定會幫助這些學生的。

布布路他們將學生們暫時安置在城外的一個避風處，帶着龍葵一起進了城。進城之前，亞克特意掏出小鏡子照了一番，確定易容成宇都真的管家的自己沒有露出破綻。

大家忐忑不安地回到城裏，很快就察覺到不對勁，原本遍

佈大街小巷的亞克的通緝令全不見了，這是怎麼回事？

帶着疑問，一行人快步趕到束心齋旅館。

店主老爺爺一看到布布路他們，頓時淚流滿面，拉着亞克的手哽咽道：「你們總算回來了，宇都少爺已經等你們很久了，快跟我來！」

布布路一行跟着店主老爺爺來到旅店二樓角落處的豪華客房門口，沒等店主老爺爺推門，門突然從裏面打開了，兩個熟悉的身影走出來 —— 一個是穿着夾趾拖鞋，咬着捲煙的慵懶青年，另一個是留着一頭亂糟糟鬈曲黃髮的邋遢少年。

看到這兩個人，四個預備生驚喜地叫起來：

「奇摩醫生！」

「福特，你還是這麼矮啊！」

這一次大家十分確定，眼前這個正是骨槍團的奇摩醫生，也就是眾多的「奇摩」的本體。

臨終囑託

「奇摩醫生，你怎麼會出現在這裏？」布布路激動地拉着奇摩醫生的手。

奇摩咬着捲煙，耷拉着眼皮說：「我聽說鹿丹城出現非正常的疫情，所以就帶着福特來調查一下。」

「沒想到我們一進城，就有人指着奇摩醫生說死人復活了！」福特在一旁哈哈大笑，「我們所到之處，那些膽小鬼都嚇

得屁滾尿流，真是太好玩了！」

「經過打聽，我得知城裏有一個跟我長得一樣的人被殺害了，我猜那應該是我的一個複體，立即意識到這次的疫情恐怕和複製人有關係。」奇摩像趕蚊子一樣將福特揮開，繼續說，「於是我和福特偷走了那具『奇摩』的屍體，然後去見了治安官，告訴他們我並沒有死，這只是一起惡作劇。」

「治安官當然不相信，但活生生的奇摩就站在他們眼前，停屍間裏的屍體卻不翼而飛，沒辦法，他們只能接受了我們的說法，撤銷了亞克的通緝令。」福特補充道。

餃子三人喜出望外，他們還在苦惱該如何洗清亞克叔叔的殺人嫌疑呢，奇摩醫生的到來替他們解決了一個大麻煩。

「然後我聽說有四個怪物大師預備生也來了鹿丹，根據描述，那四個預備生毫無疑問就是你們，所以我和福特來到東心齋，等着拜見骨槍團的老大。」奇摩醫生勾起嘴角，朝布布路壞笑，「怎麼樣，你們在童話鎮有甚麼發現？」

布布路他們趕緊把在童話鎮的經歷告訴奇摩醫生。

福特聽得連連咋舌，忍不住雙臂抱胸，喋喋不休地發起牢騷：「奇摩，沒想到你年輕的時候還做過那樣的大事！我們認識這麼多年，你的嘴巴未免也太嚴了吧！你到底有沒有把我當朋友？」

奇摩懶洋洋地吸了一口煙，對福特的抱怨充耳不聞，感慨地說：「我對林德的印象很好，他是個十分專注的人，而且在醫學方面天資過人，從始至終我都沒恨過林德。但是我真的無法

繼續留在林德身邊了，因為我們兩個之間想法上的分歧越來越大，所以實驗基地被毀後，我就和林德分道揚鑣，並且約定從此以後不再跟對方有任何交集。之後，我加入了骨槍團。」

說完，奇摩把煙蒂按滅在牆壁上，光潔的牆壁上頓時留下一個燒焦的黑印。

店主老爺爺在一旁痛心得直抹眼淚，但還是好脾氣地接話：「多虧這位奇摩醫生，要不是他精湛的醫術，宇都少爺恐怕等不到你們回來了。」

提到宇都真，布布路他們心裏一沉，趕緊跟隨店主老爺爺進入豪華客房。

宇都真奄奄一息地靠在床榻上，他的頭髮乾枯得失去光澤，眼窩也深深凹陷進去，嘴唇鐵青，連呼吸都十分微弱了，但在看到龍葵的那一刻，宇都真黯淡的眼眸中綻放出一絲神采，激動地抬起手說：「你……你們回來了！」

龍葵趕緊上前，緊緊握住宇都真的手。本體也好，複體也好，在見到宇都真的時候，龍葵心中只有親切與溫暖，彷彿童話鎮的噩夢不曾發生，他們只是世間的一對最平凡的親兄弟，對彼此只有關心和牽掛。

龍葵將在童話鎮的遭遇詳詳細細地告訴宇都真，甚至連自己只是一味藥的殘忍事實都沒有省略半句，因為宇都真想要知道一切，他也有權利知道一切。

宇都真的表情隨着龍葵的述說時而震驚，時而擔憂，時而憤怒，時而欣慰……

待龍葵終於說完所有真相，宇都真用枯瘦如柴的手堅定地握住龍葵的手，嘴角露出虛弱的微笑說：「龍葵，我很慶幸自己有一個複體，不是因為我需要藥，而是在我死後，你可以代替我活下去，替我照顧父母，照顧鹿丹城的百姓，更替我去照顧那些複體們。你和他們和我都一樣，每個人都是獨立而鮮活的生命，我希望你們每個人都能擁有自由而幸福的人生。」

　　「宇都真……」龍葵早已泣不成聲。他是宇都真的複體，

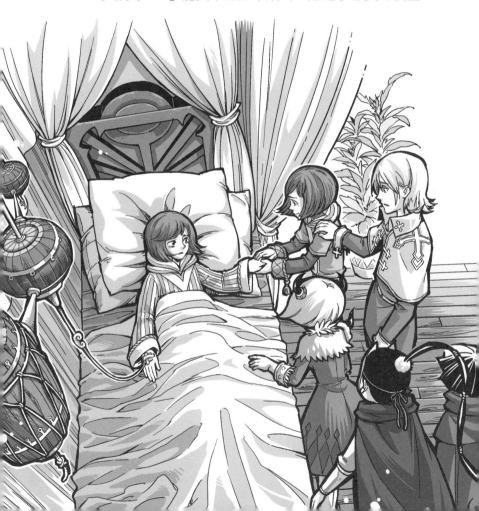

他身上的每一個細胞都和宇都真一模一樣，他比任何人都明白宇都真的想法和心意，也根本無法拒絕宇都真的請求。他只能噙着淚，用力點頭。

「謝謝你，龍葵……」宇都真如釋重負地鬆了一口氣，像虛脫一般倒了下去。

「少爺！」管家擔憂地看着他說，「您再休息一會兒吧。」

宇都真微笑着點了點頭，疲倦地閉上眼睛，沉沉睡了過去。

布布路他們拉着一步三回頭的龍葵，戀戀不捨地退出客房。

告別與新生

當天夜裏，宇都真在東心齋的客房裏溘然長逝。臨終前，宇都真委託管家將自己祕密安葬到城外，不要驚擾任何人。

管家離開之前，告訴了布布路他們一個隱瞞了十年的祕

密——其實，宇都真和龍葵一樣，也是一個複體。

十年前，宇都真的本體病危，宇都老爺和夫人把他送去童話鎮醫治，當時本體的全身細胞均已壞死。在梅麗安校長的安排下，醫生們製造出兩個宇都真的複體，這兩名複體中的一名擁有本體的記憶，但身體卻不太健康，跟本體患有同樣的疾病，就是現在的宇都真；另一名身體健康，卻沒有本體的記憶，就是龍葵。

但經過檢查，不論犧牲哪個複體，童話鎮剛剛建立起來的醫療團隊都無力進行大規模的替換來挽救本體的生命。

當知道兒子的生命已經回天乏術之後，宇都老爺和夫人選擇了現在的宇都真，因為這個有缺陷的複體更像他們的兒子。

布布路他們震驚不已，原來在宇都真殘留的記憶中，那個被隔離在玻璃牆後吶喊的少年是宇都真的本體，本體知道自己已經無藥可救了，不甘心就這樣被放棄，更不甘心讓一個複體代替自己活下去，所以才會露出仇恨的眼神。

「我從小就貼身服侍宇都少爺，不論是本體還是複體，他們在我心目中都是最善良、最正直的宇都少爺，是鹿丹城內百姓的恩人。」管家真誠地看着龍葵，鄭重地說，「所以，我會尊重宇都少爺的決定，待我安葬完少爺，會回來全心全意地輔助和服侍您。」

龍葵用力擦乾淚水，深深地對管家鞠躬道：「謝謝您！請您幫我一起當好『宇都真』，讓這個名字成為一個驕傲、一個榮耀！」

兩天後，在管家的陪伴下，龍葵回到宇都豪宅，宇都老爺和夫人在看到龍葵的瞬間，頓時潸然淚下。即便龍葵的外貌與宇都真一模一樣，即便龍葵的舉止在學習後已經與宇都真如出一轍，可是，沒有父母認不出自己的孩子。宇都夫婦知道龍葵不是宇都真，但他們甚麼都沒說，只是用力抱住龍葵，輕拍着他的背，溫柔地說：「回來就好，我們的孩子，回來就好……」

在龍葵和宇都家族的大力安排下，幾百名來自童話鎮的複體在鹿丹城和附近的綠洲城內安頓下來。精彩紛呈的「外面的世界」令學生們大開眼界，他們每一天都充滿激情地融入新生活，對於未知的命運，他們不再充滿恐懼，因為，他們要努力地活好每一個今天。

昆布決定成為一名廚師，臨行前，他來向布布路他們和龍葵告別：「這些天，我的記憶全部恢復了，我終於想起來，我是北之黎一個頗有名望的商人的長子，父母對我寄予厚望，因此為了我的健康，早早製作了複體。然而我的複體卻比我展現出了更強的經商天賦，父母出於對家族未來的考慮，選擇了更強的繼承人，將我丟在童話鎮自生自滅。」

「回想起來，真是諷刺，我雖然是本體，卻在童話鎮長大，而宇都真雖然是複體，卻連假扮他的龍葵也被當作貴賓招待，因此，我想，梅麗安校長有一點說對了——

「本體和複體的區別，並不在於其本身，而在於社會對他們的認識和態度。當人們願意承認複體的價值時，複體就將與本體獲得同樣的尊重，而當複體的價值超越本體時，兩者的位

置便會顛倒過來。因此我不會這麼灰頭土臉地回家，我要追尋自己的夢想，追尋自己的價值。」

　　一瞬間，昆布蒼白的圓臉上綻放出了奪目的神采，不過是短短的幾天，他身上發生了翻天覆地的變化。

　　最後，昆布又慚愧地說：「龍葵，在記憶剛剛蘇醒的時候，我曾經對你做出那麼殘忍的事，你卻沒有怪我，依然願意把我當朋友，我很感動，謝謝你。」

　　龍葵沒有說甚麼，只是用力地握住昆布的手，他的目光平

靜而溫和，卻給人巨大的力量。那一刻，布布路他們覺得龍葵彷彿已經和宇都真合二為一了，「他們」一定能給整座鹿丹城的百姓帶來幸福和希望。

　　奇摩醫生和福特決定返回骨槍團，亞克也要離開鹿丹，繼續去四處行醫了，不過這一次，亞克不再是一個人上路，他收了一個徒弟——南星。

　　離開前，南星去鹿丹醫療所見了轉移到這裏的松蒿最後一面，彌留之際的松蒿和南星約定，南星要努力活到生命的最後

一刻，代替松蒿去看看外面的廣闊世界。

午後的陽光溫暖地照耀着大地，讓亞克叔叔和南星的背影顯得熠熠生輝。送別了他們，布布路他們也踏上了返回摩爾本十字基地的旅程。不過，四個預備生大概一輩子也不會忘記這次鹿丹之行，短短十餘天，年少的他們對生命重新有了認識。

尾聲

白霧籠罩的山坡上，靜靜坐落着一座小小的墳墓，剛剛加蓋上去的泥土還泛着些許濕氣。

墳頭上插着一方光禿禿的墓碑，墓碑上空無一字。

林德目光沉沉地凝視着墓碑，墳墓中埋葬的人是母親梅麗安的複體。然而，林德不知該如何稱呼這個女人，最終只能豎下這塊無字的墓碑。

恍惚間，林德似乎感應到了甚麼，緩緩地轉過身，一個頭戴皇冠的銀髮少女不知何時出現在幾步以外，她美得如夢似幻，蔚藍色的眼眸中宛若蘊藏着星辰大海，正笑吟吟地看着林德。

「女王陛下，」林德恭敬地對着少女單膝跪下，從懷中掏出兩支抽血試管，畢恭畢敬地雙手呈了上去，「這是賽琳娜和四不像的血液樣本。」

「這件事你辦得不錯，」少女清澈的眼眸中閃現出寒星般的璀璨光芒，「我想，與水之牙具有最高同步率的少女之血和

能吞噬一切的怪物之血，擁有這兩份血液樣本，定會給食尾蛇組織帶來不少驚喜。」

待少女離開後，林德緩緩站起身來，低頭看向自己的左手，攤開的掌心裏，赫然還有三管血液樣本和一瓶細胞穩定劑。

林德眼中閃過一道複雜的光芒，他歎了口氣，把這幾樣東西小心翼翼地收入貼身衣袋裏。

而那一聲低低的歎息，轉瞬在風中消逝得了無痕跡⋯⋯

【第十九部完】

怪物大師配角大搜索

『怪物大師』的讀者來說，他們依舊是耳熟能詳的存在！

就算不曾擁有主角光環，就算出場次數屈指可數，可對於熟讀

Q10 布布路他們曾經重回四百年前的琅晟古國，在那裏見到了帝奇的祖先，你還記得他叫甚麼名字嗎？

A. 夏爾那　　　B. 聖傑曼
C. 卡特　　　　D. 迪諾

答案在本頁底部，答對得 10 分，你答對了嗎？

■即時話題■

奇摩： 對了，我的那些複體都去哪裏了？

布布路： 亞克叔叔安排他們去了不同城市的醫療所工作，因為太多個奇摩出現在同一個地點的話，會引起人們的懷疑。

奇摩： 還算是個穩妥的安排，謝啦，帥哥醫生。

亞克： 身為醫者，你居然抽煙，還酗酒了吧？！你這樣對自己、對病人都很不責任……（以下省略五百字！）

奇摩： 老大，管管你這個叔叔，他廢話好多啊！（掏耳朵）

亞克： 布布路，你甚麼時候做了他的老大？

福特： 布布路早就是我們骨槍團的老大了，對了，他的懸賞金額最近又漲了，我記得變成一百五十萬盧克了，這都是拜我們最近更為積極地懲治貪官污吏所賜啦！記得要表揚一下大家！

亞克： 布……布……路，你必須詳細地告訴我，你究竟做過些甚麼任務！！！

完成這個測試後，你可以判定自己參與的怪物大師配角大搜索行動是否成功了。

測試答案就在第十九部的 241 頁，不要錯過喲！

配角大搜索測試結果

✕ 失敗（60分以下）

✓ 成功（60分以上）

賽琳娜：本次我們四個很榮幸地參與了怪物大師配角大搜索的測試題的編寫，可以說，每一道題都代表着我們的一段彌足珍貴的經歷，我們至今記憶猶新。

餃子：是的，我們很慶幸在故事中遇見了這些人，他們或教會了我們人生的真諦，或警示我們不要犯下同樣的錯誤。不過，讓我尤其在意的是布布路出的第一道題目，這和咱們的配角大搜索主題有甚麼關係？！

布布路：有關係啊！即使歪脖子楊樹是個超級不起眼的東西，但它也起到了重要的作用，如果不是因為它，可能我就不會發現自己迷路了，如果我不迷路，我就不會遇見芬妮和約翰，不遇見他們，我就搭不上龍蚯，搭不上龍蚯，我就遇不到餃子……（以下省略數十萬字）由此可見，歪脖子楊樹也是很重要的配角喲！

餃子：我服了你！

賽琳娜：除了第一道題之外，大家不如來猜猜，其他的題目是我們中的誰出的。

帝奇：胡猜之前，勸告各位失敗者立刻再去通讀一遍「怪物大師」系列作品！

布布路：那麼下次再見嘍，我們會好好積攢冒險經歷，下次給大家出更有意思的測試題。

「四神傳說」

東之青龍，西之白虎，南之朱雀，北之玄武！毀天滅地的煞氣中，傳說中的四靈神能再現呼風喚雨的神靈之力嗎？

布布路VS司命玄武 萬眾矚目之下，將逆戰進行到底！

DISCOURSE POWER
話語權

局中局，騙中騙！三大委員中的最強科技革新者——
天乙委員長被迫引咎辭職？！

FOUR SYMBOL
四神

伴隨轟響的雷鳴，玄武的預言應驗

第二十部
《雷鳴的四神基地》

吊車尾小隊一夜成名！
　各大報紙的頭條新聞突然連環爆料出布布路他們參與過的機密任務，這讓他們成為一時無兩的風雲人物，好奇的目光和暗中帶刺的話語也因此接踵而至！
　恰恰此時，一張來自沒落的豪強「四神基地」的挑戰書，給了四人暫避風頭的好機會！
　誰料，挑戰在還未踏入四神基地之前已經展開了！超越了怪物屬性的怪物使出了匪夷所思的招數，少女所展現出的力量難道和這片土地深處沉睡的神祕力量有關嗎？

CHALLENGE
挑戰

舉世震驚，掌管怪物大師管理協會科研機構的天乙委員成功研發了升級版的怪物閃鑽卡。這項經歷了漫長歲月、耗盡了無數研發者心力的發明堪稱是改變世界的超革新成果！

但以「挑刺者」聞名的弨特區長發出了反對的聲音！

彷彿為了印證他的話一般，使用過閃鑽卡的諸多預陷生開始陷精神失常的異狀，並且不斷惡化！

來自深淵最底層的毀滅力量終被喚醒，究竟誰是將預備生們當成「武器」的正義背叛者？誰又是妄圖利用怪物閃鑽卡達到不可告人目的的野心家？

當眾人的思緒陷入迷宮的十字路口，唯有青紫色的雷鳴能夠衝破虛空，揭開最後的真相！

BUBURO.BURO. LIVAGE
布布路・布諾・里維奇

運命能改。 唯倚十字 歷劫難逃 『禍水已至』

「怪物對戰牌」暗戰版使用說明書

Monster Warcraft

基本資訊：單冊附贈 4 張卡牌。為 1—18 部怪物對戰卡牌集的擴充包。

遊戲人數：2 人以上　　**遊戲時間**：5—20 分鐘

—— 「怪物對戰牌」暗戰版規則 ——

GAME START 成為『怪物大師』就要憑實力！

來場精彩的雙人對戰吧！洗牌開始！

【基礎牌組列表】

1. 人物牌：1 張
2. 怪物牌：2 張
3. 基本牌：1 張

附件：單冊附贈 4 張卡牌

【遊戲目的】

遊戲開始前，玩家需將自己的人物牌暗置，遊戲進行當中，當一名角色明置人物牌確定勢力時，該勢力的角色超過了總遊戲人數的一半，則視他為「黑暗潛行者」，若之後仍然有該勢力的角色明置武將牌，均視為「黑暗潛行者」。「黑暗潛行者」為單獨的一種勢力，與怪物大師管理協會和食尾蛇組織的兩大勢力均不同。他(們)需要殺死另外兩大勢力，才能成為勝利者。

當以下任意一種情況發生，遊戲立即結束：

兩大勢力鬥爭時，一方勢力死亡，則另一方獲勝。出現第三方勢力之後，則需另外兩方勢力全部死亡，剩下的第三方才算獲勝。

【遊戲規則】

1. 將人物牌洗混，玩家抽取一張人物牌，並將人物牌背面朝上放置（即暗置）。處於暗置狀態下的人物牌均視為 4 點血量值，其組合技能和個人鎖定技均不能發動，明置之後，才可發動，血量存儲也恢復到牌面顯示

的值，已扣掉的血量不可恢復。

2. 將怪物牌洗混，玩家抽取一張怪物牌，確定自己所擁有的怪物。

將怪物牌置於暗置的人物牌的上面，露出當前的血量值。（扣減血量時，將怪物牌右移擋住被扣減的血量值。）

3. 將基本牌、元素晶石牌、特殊物件牌等洗混，作為牌堆放到桌上，玩家各摸 4 張牌作為起始手牌。

4. 遊戲進行，由年齡最小的玩家作為起始玩家，按逆時針方向以回合的方式進行。暗置的人物牌只有兩個時機可以選擇明置：

◆回合開始時。

◆瀕臨死亡時。

5. 確定先出牌的玩家從牌堆頂摸 2 張牌，使用 0 到任意張牌，加強自己的怪物或者攻擊他人的怪物。但必須遵守以下兩條規則：

◆ 每個出牌階段僅限使用一次【攻擊】。

◆任何一個玩家面前的特殊物件區裏只能放一張特殊物件牌。

每使用 1 張牌，即執行該牌上的屬性提示，詳見牌上的說明。遊戲牌使用過後均需放入棄牌堆。

6. 在出牌階段，不想出或沒法出牌時，就進入棄牌階段。此時檢查玩家的手牌數是否超過當前的人物血量值（手牌上限等於當前的人物血量值），超過的手牌數需要放入棄牌堆。

7. 回合結束，下一位玩家摸牌繼續進行遊戲。

「怪物對戰牌」暗戰版使用說明書
Monster Warcraft

基本資訊：單冊附贈 4 張卡牌。為 1—18 部怪物對戰卡牌集的擴充包。
遊戲人數：2 人以上　　**遊戲時間**：5—20 分鐘

——「怪物對戰牌」暗戰版規則 ——

8. 判定的解釋：摸牌階段時，對要進行判定的牌需要進行判定，翻開牌堆上的第一張牌，由這張牌的顏色來決定判定牌是否生效。

9. 怪物牌翻面的解釋：在輪到玩家的回合開始前，若是你的怪物牌處於背面朝上放置的狀態，請把它翻回正面，然後你必須跳過此回合。

10. 若遊戲未分出勝負，但牌堆的牌已經摸完，則重新將棄牌堆的牌洗混後，作為牌堆繼續使用。當所有場景牌用完之後，需要重新洗一遍場景牌，建立新的場景牌堆。

【怪物卡牌一覽表】

怪物名稱	卡版	屬性等級	獲得方式
四不像	普通卡	D 級	隨書附贈
水精靈	普通卡	D 級	隨書附贈
藤條妖妖	普通卡	D 級	隨書附贈
巴巴里金獅	普通卡	C 級	隨書附贈
金剛狼	普通卡	B 級	隨書附贈
一尾狐蝠	普通卡	B 級	隨書附贈
魔靈獸	普通卡	A 級	隨書附贈
泰坦巨人	普通卡	S 級	隨書附贈
泰坦巨人（覺醒版）	閃鑽卡	S 級	隨書附贈
巴巴里金獅（家族守護版）	閃鑽卡	A 級	隨書附贈
蒼赤虎（影子版）	普通卡	C 級	隨書附贈
花芽獸（影子版）	普通卡	C 級	隨書附贈
龍膽（影子版）	普通卡	B 級	隨書附贈
露姬兔（影子版）	普通卡	D 級	隨書附贈
大聖王	普通卡	B 級	隨書附贈
九尾狐	普通卡	D 級	隨書附贈
騎士甲蟲	普通卡	D 級	隨書附贈
惡魔酷丁	普通卡	D 級	隨書附贈
塞隆鼠	普通卡	B 級	隨書附贈
帝王鴉	普通卡	A 級	隨書附贈
帕米魯格	普通卡	A 級	隨書附贈
般若鬼王	普通卡	A 級	隨書附贈
大聖王（十影王版）	閃鑽卡	S 級	隨書附贈
風隱	閃鑽卡	A 級	隨書附贈
水精靈（升級版）	普通卡	B 級	隨書附贈
大紅武章	普通卡	B 級	隨書附贈
克林姆林	普通卡	A 級	隨書附贈
鎖鏈魔神	普通卡	A 級	隨書附贈
藤條妖妖（升級版）	普通卡	B 級	隨書附贈

怪物名稱	卡版	屬性等級	獲得方式
地獄犬	普通卡	B 級	隨書附贈
幻影魁偶	普通卡	A 級	隨書附贈
饕餮	普通卡	? 級	隨書附贈
幻影冥狐	普通卡	A 級	隨書附贈
庫嚕嚕	普通卡	B 級	隨書附贈
梅菲斯特	普通卡	B 級	隨書附贈
金牛座	普通卡	A 級	隨書附贈
書翁	普通卡	S 級	隨書附贈
丁丁	普通卡	C 級	隨書附贈
百絨融融	普通卡	C 級	隨書附贈
安第斯	普通卡	S 級	隨書附贈
金牛座普	普通卡	A 級	隨書附贈
炎龍	閃鑽卡	S 級	隨書附贈
海因里希（不完整體）	閃鑽卡	S 級	隨書附贈
時之魔·黑加大帝	閃鑽卡	S 級	隨書附贈
禦刃	閃鑽卡	S 級	隨書附贈
焰尾貓	普通卡	B 級	隨書附贈

GAME START 成為『怪物大師』就要憑實力！來場精彩的多人對戰吧！洗牌開始！

「怪物大師」四格漫畫小劇場

Comic Theater

如果世界上有與我相似的人存在，我希望他是——

Comic：李仲宇／Story：黃怡崢

如果世界上有與我相似的人存在，我希望他是——

受人愛戴的小天使。

公主。

高個子。

有錢＋有土地！

私人土地

你不就是有錢有土地的人嗎？如果你願意繼承王位的話……

Note 爆笑時間 爆笑無天良

編輯部特別獻禮『怪物大師』中鮮為人知的小番外小趣味！爆笑登場！

「怪物大師」四格漫畫小劇場
Comic Theater

如果進入醫療行業，未來我要選擇的
方向是——

Comic：李仲宇／Story：黃怡崢

編輯部特別獻禮『怪物大師』中鮮為人知的小番外小趣味！爆笑登場！

特別企劃 · 第九期偵查報告
【這裏，沒有祕密】

Q1. 藍星上的交通工具是用甚麼作為燃料的呢？

答：藍星上的交通工具多為生物改造而成，自然是通過生物本身的習性來運行，當然也可配備風石等元素晶石作為提升運行速度的輔助工具。

Q2. 強烈建議不要叫帝奇豆丁小子，帝奇已經長高了好嗎？！

答：是的，豆丁小子已經長了個頭（發芽），所以餃子他們會改叫他「豆芽菜」或者「豆芽小子」！

Q3.「怪物大師」都出了這麼多部了，只有第六部透露了一點點關於布爸的事情，雷叔打算多久寫一部關於布布路他爸爸的專場呢？

答：據雷叔透露，「布諾篇」目前已經基本構思完成了，預計會在三四部之內出版喲！

Q4. 第十四部中有個巨大的 bug，如果科里森為了救黃泉而英年早逝，那作為他的後代，狄安娜又是怎麼出生的呢？

答：小編相信，科里森救黃泉的時候已經是個有家室的人了。

Q5. 請問只有琉方大陸十分之一大的青嵐大陸怎麼塞得下一百三十六個國家啊，難道每個國家都跟小鎮那麼大嗎？

答：中國歷史上，就存在過一百四十多個小國並立的時期（春秋戰國）。所以，哪怕方寸之地，只要它是個國家，就必須算在一百三十六個國家之中，所以青嵐大陸還真塞得下一百三十六個國家呢！

Staff
製作團隊

| 宋巍巍
Vivison | ■ 策劃 |
| 趙　婷
Mimic | ■ 主編 |

黃怡崝
Miya
谷明月
Mavis
陳瑞菲
Ellie
張　怡
Mumai
■ 文字

孫　東
Sun
周　婧
Qiaqia
李仲宇
LLEe
■ 插圖

于流洋
Sea
李仲宇
LLEe
■ 色彩

李禎祾
Kuraki
葉偲逖
Yesty
■ 灰度

丁　果
Vin
■ 設計

CREATED BY LEON IMAGE
Love & Dreams
MONSTER MASTER

[雷歐幻像] 作品
LEON IMAGE WORKS

□ 責任編輯：練嘉茹
□ 裝幀設計：高　林
□ 排　版：時　潔
□ 印　務：劉漢舉

怪物大師
——絕望的聖城囚籠

□
著者
雷歐幻像

□
出版
中華教育
香港北角英皇道 499 號北角工業大廈一樓 B
電話：（852）2137 2338　傳真：（852）2713 8202
電子郵件：info@chunghwabook.com.hk
網址：http://www.chunghwabook.com.hk

□
發行
香港聯合書刊物流有限公司
香港新界荃灣德士古道220-248號
荃灣工業中心16樓
電話：（852）2150 2100　傳真：（852）2407 3062
電子郵件：info@suplogistics.com.hk

□
印刷
美雅印刷製本有限公司
香港觀塘榮業街 6 號 海濱工業大廈 4 樓 A 室

□
版次
2019 年 7 月第1版第1次印刷
2021 年 7 月第1版第2次印刷
© 2019 2021 中華教育

□
規格
32 開（210 mm×140 mm）

□
書號
ISBN：978-988-8573-55-4